旅人蕉文丛

T an fei chang tan

谈非常谈

顾农 著

暨南大學出版社
JINAN UNIVERSITY PRESS

中国·广州

图书在版编目（CIP）数据

谈非常谈/顾农著.—广州：暨南大学出版社，2016.1
（旅人蕉文丛）
ISBN 978 – 7 – 5668 – 1613 – 9

Ⅰ.①谈…　Ⅱ.①顾…　Ⅲ.①随笔—作品集—中国—当代　Ⅳ.①I267.1

中国版本图书馆 CIP 数据核字（2015）第 211930 号

....

谈非常谈

著　　者	顾　农
出 版 人	徐义雄
策划编辑	潘江曼　杜小陆
责任编辑	焦　婕　赵梦垠
责任校对	高　婷
责任印制	汤慧君　周一丹
出版发行	暨南大学出版社（广州暨南大学　邮编：510630）
网　　址	http://www.jnupress.com　http://press.jnu.edu.cn
电　　话	总编室（8620）85221601
	营销部（8620）85225284　85228291　85228292（邮购）
排　　版	广州联图广告有限公司
印　　刷	广东广州日报传媒股份有限公司印务分公司
开　　本	850mm×1168mm　1/32
印　　张	7.75
字　　数	192 千
版　　次	2016 年 1 月第 1 版
印　　次	2016 年 1 月第 1 次
定　　价	26.00 元

（暨大版图书如有印装质量问题，请与出版社总编室联系调换）

总　序

在酝酿组织出版这套丛书之时，我们取名为"旅人蕉文丛"，意在希望这套丛书像旅人蕉一样，为在求知跋涉中的读者，提供一片心灵遮风避雨的所在，奉献一掬清香的生命之泉，充分释放文学怡情悦性之效。于是，我邀集几位作家、老友，向他们索阅样稿，承蒙他们及时惠以支持，才得以完成这件有意思的事儿。

所谓丛书，应该是"文以类聚"，但千人一面，就失之平俗，所选的六本书，力求风格各有侧重，有说文谈史，有杂文随笔，有海外游踪，也有国内见闻，更有历史人物考证，长有韵味，短不谫陋，妙趣横生，"五味杂陈"，实如尝鼎一脔。

顾农说文谈史，言近旨远，所写之文多为"自己读书行路的收获和感慨"，他用闲谈式的随笔，将可谈与不可谈之物之事一一呈现，以飨读者。朱大路用"一寸见方"之文，说文表意，唱好了属于自己的"道场"，让遗落在"夹缝"里的题材，经过他的私人订制，成为富有个性色彩的符号。

三位女作家的散文，文笔清丽灵秀，情感细腻，别具一格。赵蘅用四弦之琴弹奏出人生岁月的丰富多彩，在记录书写生命故事之时，让我们感悟生命传承的意义，在追问"客从何处来"的过程中，翻看历史，体悟亲情。尤今用洞箫里流出的缤纷色彩将读者带进精神的伊甸园，将所见所闻所思形诸笔端，于轻松的述说中将生活给予我们的启示和教诲娓娓道来。朵拉笔调清新活泼，洒脱的行文中蕴藏着对人生、世态的情感和见解，其自出机杼，独树一帜，这大概就是"六经注我"的精神吧。

在初冬季节，读着出版社寄来的书样，感慨油然而生。读一本好书，犹如拜访一个高尚纯洁的灵魂，与之作心灵的对话，从作家的喜怒哀乐，以及他的取材、他的角度、他的发现，我看到他的快乐与痛苦，了解他的希望，我于是受到启迪，得到智慧，懂得感恩，变得聪明。

南方的冬季，不算太寒冷，找个僻静处，带上几本书，在暖暖的阳光下，静静地、寂寂地读起来，真有羲皇上人的感觉。借此机会，向丛书的作家、教授致以谢意，向出版社的编校人员致以敬意！

但愿这套丛书，受到读者的欢迎和喜爱，以它独到的语言、深刻的哲理、简朴的思想，哺育更多的心灵。

刘克定
2015 年 11 月 27 日

自　序

中国古人大力提倡"读万卷书，行万里路"，无非是因为要做到这两条特别难能可贵；但现在已经不难了：出去开一次会，不过几天的来回，很可能就行了万里路；读万卷书当然没有这么快，但也是可以做到的。

可惜这并不代表我们就一定比古人高明。那时行路难，走得慢，看得多，体会也多，如今在飞机上打个盹儿就去了很远，什么也没有看到，更写不出一句山水诗来。读书也是一样，古人读得少，读得慢，而体会却深；现在很可能一脑袋的网上八卦，各种信息，有的不免浅陋，而且可怜。

收在这本小册子里的三束短文，无非就是谈谈我自己读书行路的收获和感慨。大约也很浅陋，而且可怜。如果说有一点好处，那也只在我一直聚精会神，没有打盹儿。

但是仍然深感"难谈"。老子《道德经》开篇就说"道可道，非常道"，他老人家是语言大师，却深知语言难以完全信赖，永恒的真理或上等的道理是说不清道不明的，能有个说道的，都是肤浅或一般的东西。写闲谈式的随笔，也真所谓"谈可谈，非常谈"，以至于可

"谈"可不"谈",而真的要来"谈",却又觉得"谈"何容易。

幸而在中国一般读书人的头脑里,总还是儒家的东西多,许多事情往往知其不可而为之。所以,我大胆地将这些旧文编为一集,献丑于读者诸君面前,请大家看着玩,提提意见。

顾 农
2015 年初冬于扬州

目　录

第二辑 文心深处

第三辑　且行且歌

附　录

第一辑

掩卷深思

《新青年》上的鲁迅小说

一百年前，陈独秀主编的《青年杂志》创刊于上海（1915 年 9 月 15 日），1916 年 9 月从第 2 卷第 1 期起改名《新青年》，同年年底随着陈独秀被聘为北京大学文科学长，编辑部迁至北京。鲁迅稍后成为编辑部同仁，从第 4 卷起为该刊撰稿，重头作品是短篇小说，三年间发表了《狂人日记》《孔乙己》《药》《风波》和《故乡》五篇文章，成为"文学革命"的标志性成果，产生过重大的影响；至今读来，仍觉起点之高，无与伦比，沉郁顿挫，发人深省。

—

《狂人日记》在《新青年》（第 4 卷第 5 号，1918 年 5 月）上发表时第一次署名"鲁迅"，当时大家都不知道这位新锐作家是谁。这一年鲁迅三十八岁，从事文学工作已十年以上。

《狂人日记》同鲁迅后来写的一些小说，如《阿 Q 正传》等有所不同，走的是从思想到形象的路，基本上是象征主义：表面的情节言论都指向更重大、更深远的意义。鲁迅早年读过大量外国小说，最佩服的人物之一是俄国小说家安特来夫（现通译安德烈耶夫，1871—

1919），鲁迅在日本留学时翻译过他的《谩》和《默》两个短篇（收入《域外小说集》）和长篇《红笑》的一部分（未印行，稿亦亡佚）。安氏的特色是"使象征印象主义与写实主义相调和"，"他的著作虽然很有象征印象气息，而仍然不失其现实性的"（《〈黯淡的烟霭里〉译者附记》）。鲁迅很受这种路数的影响，他的若干小说（以及散文诗）现实主义的色彩固然十分强烈，而亦颇采用象征主义的手法，言在此而意在彼，言下之意十分丰富，读起来能引起种种联想。狂人眼中所见的生活和社会环境，与其说是实际的存在，不如说是旧社会的象征。日记中所说的"吃人"，无非就是那时赤裸裸的人剥削人、人压迫人的现象。小说里的古久先生、赵贵翁和他的狗、医生、大哥、妹子、陈年流水簿子等，都甚少个性，亦非实指，而多具象征意义；就连狂人本人也是一个象征，指遭到严重压迫的旧社会的叛逆者。

《狂人日记》是主题先行的，"意在暴露家族制度和礼教的弊害"（《且介亭杂文二集·〈中国新文学大系〉小说二集序》），先有这样一个主题，再来调动适当的材料和形式来加以表达。因为立意正确而深刻，是作者自己的新见，而他又有足够的生活积累和艺术素养，作品遂极有可观。鲁迅后来说，他的小说"所写的事迹，大抵有一点见过或听到过的缘由，但决不全用这事实，只是采取一端，加以改造，或生发开去，到足以几乎完全发表我的意思为止"（《南腔北调集·我怎么做起小说来》）——他在创作过程中高度重视思想的作用，对素材进行改造、生发的依据即在于自己确定的主题之中。

鲁迅笔下的狂人是一位先觉的精神战士。他苦口婆心地规劝人们"去掉吃人的心思"，做一个"真的人"，而一旦大家都成了"真的人"，社会上就不会再有"人吃人"的事情发生，"人人太平"，"放心做事、走路、吃饭、睡觉，何等舒服"。这完全是启蒙主义的态度。"五四"先驱大抵是些启蒙主义者，在他们看来"吃人"的人乃是人的异化，一旦"去掉吃人的心思"，便复归为"原来的人"，也就是"真的人"，而社会也就变成一个新社会、好社会了。

可惜单靠启蒙还不能实现这样的理想，抽象地考察人和社会，只能表达美好的愿望而找不到通向未来的具体道路。鲁迅似乎已经预感到这一点，他笔下的狂人虽然苦口婆心，却并不足以劝转"吃人"的人，于是只好转而寄希望于没有"吃过人"的孩子，寄希望于人类的进化。从这些地方最能看出与人道主义紧紧结合在一起的进化论在鲁迅前期思想中的重要地位。

二

《狂人日记》可以说是"五四"时代精神的号角，具有重大的历史意义，但在艺术上，鲁迅对它并不满意，说是"很幼稚，而且太逼促，照艺术上说，是不应该的"①。所谓"逼促"指的是因为急于表达主题而显得过于紧张，倾向过于外露，艺术上缺乏余裕。

稍后的《孔乙己》就很不一样了，这里显示了艺术上的从容不迫。"从容"与"逼促"之分其实也正是纯文学与杂文学的不同所在。"艺术有留恋个别特殊事物的倾向"，"从知解力的角度来看，个别特殊的东西都只有相对的价值，在它上面多操心，是徒劳无益，令人厌倦的。但是从诗的掌握和创作的角度来看，每一个部分和每一个细节都有独立的兴趣和生动性，所以诗总是喜欢在个别特殊事物上低回往复，恋恋不舍……所以比起追求断语和结论的知解力来，诗的前

---

① 鲁迅：《对于〈新潮〉一部分的意见》，《集外集拾遗》，北京：人民文学出版社2006年版，第11~14页。（按，此文是鲁迅1919年4月16日致傅斯年的信）

进步伐要迟缓些。"① 纯文学并不急于达成断语和结论，甚至根本不作这样的追求，它总是在玩味形象和细节，并借以寄托自己的情感和思想，具有更动人的力量和更久远的生命力。

孔乙己的故事在中国家喻户晓，说的是一位把儒家经典读得很熟、字也写得好的老童生，因为在科举考试中一再失败，没有功名，后来落个很悲惨的下场。没有人同情他，帮助他，而只是嘲笑他，老爷们则欺负他，一个原打算"固守其穷"的穷书生因为一点过失就被打断了腿，最后无声无息地死去。鲁迅认为人和人之间的隔膜是中国国民性的一大问题，《狂人日记》里揭露的"人吃人"乃是隔膜的极致，而《孔乙己》所表现的社会大众对于弱者的冷漠无情则极为常见，少有异议。这样的国民性非痛加改造不可。

三

《药》发表于《新青年》杂志第6卷第5号，出版日期署1919年5月，实际上于当年9月出版；同期还发表了鲁迅的几篇随感录：《"来了"》《现在的屠杀者》《人心很古》和《"圣武"》。《"圣武"》一文指出，在中国长期的专制社会中，统治者一向用"刀与火"，也就是暴力，来实现自己的统治，同时也用一整套有利于他们的思想来束缚人民，年深月久，使群众愚昧落后，思想僵化，外来的思想很不容易在他们中间扎根；即使有几个为新思想奋斗以至殉难的人们，也只是孤军奋斗，难以发挥预期的作用。

冷漠、麻木、保守、毫不关心他人和国家民族的命运，这种万马齐喑的沉闷局面乃是专制统治的产物，又反过来成为封建秩序的支

---

① ［德］黑格尔著，朱光潜译：《美学》（第三卷下册），北京：商务印书馆1982年版，第31～32页。

柱。鲁迅把这一点看得很透、很重，他毕生致力于改革这种国民性。

鲁迅笔下的革命者夏瑜是一位坚强的民主主义斗士和宣传家，他在狱中还不知疲倦地宣传"这大清的天下是我们大家的"，可是人们对他那些慷慨激昂的民主主义宣传毫无共鸣。在华家小茶馆里聚集着的许多人社会地位都不高，但都与民主主义思想毫不沾边，相反地，这些市民对那个同反动势力走得很近的消息灵通人士康大叔却恭恭敬敬，低声下气地与他攀谈，笑嘻嘻地听他大嚷。人民是善良的，但也是愚昧、落后、麻木的，这种严重的局面，单靠几个不怕死的新主义的宣传者远不足以改变。这是一种极其清醒、极其深刻的现实主义观察，也是鲁迅本人对自己早年空想浪漫主义的否定。在辛亥革命之前，鲁迅虽然也痛感群众的落后、不觉悟，但是总以为只要有那么几个思想界之战士登高一呼，就可以"烛幽暗以天光，发国人之内曜，人各有己，不随风波，而中国亦以立"（《集外集拾遗补编·破恶声论》）。辛亥革命前后十年的种种教训，使鲁迅的头脑大大地清醒起来，此后他不但不再去神化革命的先行者，也不肯孤立地去写革命者壮烈的牺牲，甚至也不单去暴露群众的落后，而是别具匠心地描写落后的群众如何毫无恶意地在无意中"吃下了"革命先烈的鲜血。这样一个令人战栗的悲剧深刻地总结了历史的教训，流露出鲁迅对于仅限于启蒙的疑虑。

老一套的民主主义启蒙运动不行了，那么应该怎么办？《"圣武"》一文写道：

看看别国，抗拒这"来了"的便是有主义的人民，他们因为所信的主义，牺牲了别的一切，用骨肉碰钝了锋刃，血液浇灭了烟焰。在刀光火色衰微中，看出一种薄明的天色，便是新世纪的曙光。

这"有主义的人民"显然是指俄国的人民。十月革命使得过去隐藏在地下、人们往往看不到的俄国人民的力量忽然像火山一样爆发出来。鲁迅从这里得到极大的鼓舞，但他并没有立即接受暴力革命的思想，他不大赞成诉诸暴力，认为最好还是"平和的方法"（《坟·我们现在怎样做父亲》）。他笔下的先觉者——狂人，对于"吃人"的人还是采取"劝转"的态度。直到1925年，他还是说"此后最要紧的是改革国民性"（鲁迅1925年3月31日致许广平的信）。鲁迅本人在"五四"前后大写小说，用文学形式揭出病痛，引起疗救的注意，像他所钦迟的果戈理那样"以不可见之泪痕悲色，振其邦人"（《坟·摩罗诗力说》），《药》也正是为此而作。

这时鲁迅还没有看清楚中国未来的道路究竟在哪里，而陈独秀、李大钊等人虽然思想风格不尽同，但都有明确的正面主张，态度十分积极。鲁迅固然有他自己独立的见解，但也很注意相互的配合，或如他自己所说的"听将令"，于是他在小说结尾处给夏瑜的坟上添了一个花环，"删削些黑暗，装点些欢容"（《南腔北调集·〈自选集〉自序》），让烈士死得不那么寂寞。鲁迅是一位具有强烈社会责任感的作家，他始终顾及作品的社会效果，从不放纵自己，并不完全单凭自己的心意去写作。然而这里更值得注意的是，加上一个花环，作品的主题并没有改变。面对这样一个来历不明的花环，夏四奶奶以为儿子在显灵——烈士的母亲也并不理解革命，甚至充满迷信思想，这恰恰是从另一个侧面写出了启蒙主义者与民众的脱离。即使加上一个花环，作品的气氛还是阴冷的，仍然给予读者一种"重压之感"。鲁迅既顾及作品的社会效果，又不肯违背自己的艺术良心，这是十分可贵的。

四

　　《风波》(《新青年》第 8 卷第 1 号，1920 年 9 月) 以张勋复辟为故事的背景，写这一场政治上的大震荡在南方农村引起的小风波。"皇帝坐龙庭"的消息传来以后，一直留着辫子的赵七爷要向先前剪掉辫子而且骂过他的七斤报仇了。这时他气势汹汹地跳出来威吓没有辫子的七斤。张勋复辟的时候，曾以宣统皇帝的名义发布过一份诏书，其中并没有强调一定要有辫子。赵七爷以意为之，假传圣旨，无非是装腔作势，借以吓人。此人乃是一个心胸狭隘、睚眦必报的乡下老板。

　　《风波》的主题不在于描写复辟，更不在于为所谓阶级斗争的长期性和复杂性这一命题做图解。张勋复辟事件只不过是小说的背景，提到一下而已，本意仍然在于鲁迅一向着力描写的"病态社会的不幸的人们"，"揭出病苦，引起疗救的注意"(《南腔北调集·我怎么做起小说来》)。国家大事基本不清楚，私人的怨仇却非报不可，特别喜欢利用似乎有利于自己的某种政治形势来报私仇，从古到今，这样的事情人们看得还少吗？同样的，七斤也丝毫不懂政治，不懂革命，他的辫子是在城里被动地被剪去的。中国的情形历来是乡下人进了城或进过城就能提高自己的地位。七斤算是比较开通的，他在辫子被剪掉以后并没有像某些人那样又留起来。他在乡民们面前谈起城里的新闻来，也流露出骄傲的神情。但这些其实也只不过表明他因为经常进城而自我感觉良好，并非对于辛亥革命、对于国家大事有什么真切的了解，所以当他听到"皇帝坐龙庭"的消息以后立刻就傻了眼，哭丧着脸，愁得连饭也吃不下去了。他在前来威胁他的赵七爷面前完全无所作为，精神非常紧张，直到后来听到"皇帝不坐龙庭"的确实消息以后，他的生活和情绪才渐渐恢复了正常和平静。

旧时代的老百姓虽然不懂政治，但并不缺乏这一方面的敏感。作品里说，当赵七爷穿起竹布长衫打上门来，七斤嫂便迅速联想到七斤曾经骂过他，而现在"皇帝坐龙庭"了，于是她立刻察觉到七斤的"危机"。七斤嫂洞察时世，思维敏捷。十多天以后，她走过茂源酒店门前，看到赵七爷坐着念书，辫子又盘到头顶上，而且不穿那件竹布长衫，又立刻得出一个重要的推论："皇帝是一定不坐龙庭了。"中国人对国家大事，往往会有这样见微知著的敏感推测。围绕七斤之辫子的"风波"，不过是一场虚惊而已，是一幕喜剧；而就七斤本人及其家属、邻里的始终没有任何觉悟而言，则是一场深刻的悲剧。

《风波》生动形象地告诉人们，中国农村亟须来一场大的变革；中国革命要想获得成功，亟须唤起民众，特别是广大农民的觉悟。否则，在一番折腾热闹过去之后，社会很可能还是原先那副老样子。

五

《故乡》（《新青年》第9卷第1号，1921年5月）部分取材于鲁迅自己的经历，但并非完全的实录。《故乡》结尾处（倒数第三自然段）有一通著名的议论：

我竟与闰土隔绝到这地步了，但我们的后辈还是一气，宏儿不是正在想念水生么。我希望他们不再像我，又大家隔膜起来……然而我又不愿意他们因为要一气，都如我的辛苦展转而生活，也不愿意他们都如闰土的辛苦麻木而生活，也不愿意都如别人的辛苦恣睢而生活。他们应该有新的生活，为我们未经生活过的。

早在《故乡》发表之初茅盾就曾指出，这一段乃是作者的点题之笔（详见《评四五六月的创作》，《小说月报》第12卷第8期，

1921 年 8 月）。这里三种人中的所谓"别人"是指开豆腐店的杨二嫂，她曾经很辛苦地做小买卖，还是安分守己的，并未任意胡为。可是到二十年后，她就"恣睢"（放纵无拘束的意思）起来了。说话信口开河，尖酸刻薄，而说来说去无非想占点小便宜，打那些木器家具的主意，未能如愿后行为就有些不轨，但她顺手牵去的都是不值钱而很实用的小东西，煞费苦心地着眼于此，其实也正表现了她的可怜。如果不是生活非常辛苦又何至于如此？

艰难的生活逼得"我"这样的知识分子辗转四方，不遑宁处；闰土这样忠厚老实的农民则变得麻木，一味苦熬苦受；而小市民杨二嫂则变成为了一点蝇头小利而不惜任意胡为的可怜虫，失去了做人的尊严。麻木和恣睢都是不觉悟，只是表现形态不同而已，都是可怜的人。"我"和母亲对杨二嫂的言行都未作任何追究，甚至连一句明白批评的话也没有说。作品对杨二嫂当然是不以为然的，但问题主要不在于她个人的品质，而在于逼人向下的社会。

与人性扭曲共生的是人与人之间的隔膜。二十年前，"我"与闰土是关系亲密的朋友，"我"的一家与斜对门的杨二嫂豆腐铺也是和睦的邻居，那时的人际关系还不像现在这样有隔膜和猜忌。痛感人性的异化和人际关系的恶化，呼唤人性的复归，寄希望于社会的进步，就是《故乡》的主题所在。

从艺术构思上来说，作者塑造"辛苦恣睢"的杨二嫂这一形象，不仅可以拿来衬托"辛苦麻木"的闰土，拓宽社会生活面，也便于稍稍打断"我"与闰土之关系史这条主线，然后再把它连起来。情节展开的线索如果过于单一，容易显得单薄乏味，一泻无余；只有断而复续，穿插有致，才能引人入胜，取得更好的效果。

《故乡》的最后两个自然段写道：

我想到希望，忽然害怕起来了。闰土要香炉和烛台的时候，我还暗地里笑他，以为他总是崇拜偶像，什么时候都不忘却。现在我所谓希望，不也是我自己手制的偶像么？只是他的愿望切近，我的愿望茫远罢了。

我在朦胧中，眼前展开一片海边碧绿的沙地来，上面深蓝色的天空中挂着一轮金黄的圆月。我想：希望是本无所谓有，无所谓无的。这正如地上的路；其实地上本没有路，走的人多了，也便成了路。

这两段和倒数第三自然段加起来构成《故乡》的结尾，而这三段本身恰恰形成一个"之"字形的格局。倒数第三自然段提出一种希望，希望下一代过上新的有别于自己、闰土以及杨二嫂那样的生活；但是怎样才能实现美好的希望呢？没有具体的办法，于是"我"又回过头去怀疑以至嘲笑自己的希望，甚至说不过是一种新的偶像崇拜。这种深刻的反思曲折地表现了鲁迅本人既相信进化论又怀疑进化论的思想矛盾。既然进化论式的希望相当渺茫，那么放弃它另寻新途如何？可惜一时还找不到，于是只好又折回来，自我安慰道，只要大家都来奋斗，总会好起来的，路是走出来的，"地上本没有路，走的人多了，也便成了路"。肯定—否定—否定之否定，《故乡》结尾的这三段盘旋曲折，发人深思。

"否定之否定"并非单纯地回到先前的肯定，这里有着新的因素，那就是指出了实现希望要靠实践，要靠大家都来向前走。大家都觉悟了，都行动起来了，"走的人多了"，自然就会有路在脚下。事先完全规划好的路线图是没有的，只能团结起来向着前方摸索着前进。鲁迅的这个思想是很深刻的，现在看来仍然是如此。

鲁迅小说中的"扶乩"

鲁迅的小说《高老夫子》里写到"贤良女学校"教务长万瑶甫在与来此校任教的高老夫子高尔础相见时，有如下的对话：

"阿呀，础翁的大作，是的，那个……是的，那——'中国国粹义务论'，真是要言不烦，百读不厌！实在是少年人的座右铭，座右铭座右铭！兄弟也颇喜欢文学，可是，玩玩而已，怎么比得上础翁。"他重行拱一拱手，低声说："我们的盛德乩坛天天请仙，兄弟也常常去唱和。础翁也可以光降光降罢。那乩仙，就是蕊珠仙子，从她的语气上看来，似乎是一位谪降红尘的花神。她最爱和名人唱和，也很赞成新党，像础翁这样的学者，她一定大加青眼的。哈哈哈哈!"

……

"……赐了一个荸荠……'醉倚青鸾上碧霄'，多么超脱……那邓孝翁叩求了五回，这才赐了一首五绝……'红袖拂天河，莫道……'蕊珠仙子说……础翁还是第一回……"

　　万瑶甫显然是一位乌烟瘴气、恶俗不堪的"扶乩"迷，但颇以名人自居。可惜高老夫子因为备课不足，又很有些对于该校女学生的胡思乱想，没有完全听清楚这位教务长的胡言高论。

　　盛德乩坛，确有这个东西，在上海，由俞复等人发起，他们还组织"灵学会"，出版《灵学丛志》。"扶乩"（亦称"扶箕"），也叫"扶鸾"（因为神仙下凡时以鸾鸟为坐骑），是一种起源很古老的巫术占卜，到唐朝已经很成熟，在明清两代士大夫中尤为盛行，甚至也有皇帝迷信此术并据以决定国家大事的。扶乩操作时两人合作，以箕插笔①在沙盘上画字，假借神仙的名义回答求教者的种种问题，特别是未来的吉凶。间或也有鬼魂或活着的名人下坛，都已事先设计好，以便操作。扶乩的二人中至少有一人是操作此术的行家，如果二人是临时决定的，则由行家的乩师负责读乩、抄乩——总之话语权务必掌握在迷信行业的专家手里。

　　"乩仙"往往喜欢写诗（即所谓"下坛诗"），又多有以女仙、女鬼的身份出现者；旧时代的士大夫热衷于与彼唱和，其深层心理颇可玩味，他们对于攀附阔气或有名的女人大约很有些兴趣吧。

　　这种完全莫名其妙的古老迷信到"五四"时代尚颇有留存；鲁迅在杂文中曾大加口诛笔伐，他在《热风》一书的题记里说，这部集子里的内容，"除几条泛论之外，有的是对于扶乩，静坐，打拳而发的；有的是对于所谓'保存国粹'而发的"。例如，《随感录　三十三》指名批评北京乩坛之《显感利冥录》，《随感录　五十三》径批盛德乩坛以及他们与其他迷信团体的内讧。这样反"国粹"的意思现在又写到小说里来了。鲁迅的小说和杂文往往多有关联，这里正

---

　　①　后简化为使用丁字尺模样的道具，用下垂的部分作笔。

是一个现成的例子。

鲁迅后来又曾提到，见诸出版物的"同善社乩笔"与"陈涉帛书""米巫题字"以及"义和团传单"等迷信文件一样，是可以从中"看思想手段"（《三闲集·匪笔三篇》）的材料。所谓"同善社"是一个全国性的迷信组织，搞扶乩活动非常猖獗，而且颇带与时俱进的时髦色彩，具有很大的欺骗性。柴萼的《梵天庐丛录》卷三十三载："近日有同善社者，分社满中国，社中皆有乩坛，降坛者有孔子、老子、释迦牟尼、谟罕默德、耶稣基督、拿破仑、华盛顿、托尔斯泰等人。智者目笑其后矣。"而在从事"扶乩"活动的人物自己那里，这些都是所谓"保存国粹"，并且已经赶上了时代潮流。

扶乩的从业者大抵是有一定文化水平的游士，也会写几句诗，靠卖弄其知识和才情骗钱，具有很强的欺骗性。关于乩坛上的种种奇迹，宋元以来的笔记、短书中记载颇多，清朝人纪昀的《阅微草堂笔记》一书所记尤多，而其中亦有拆穿其鬼把戏者，如卷二十一《滦阳续录》三云：

乾隆壬午（1762）九月，门人伍惠叔邀一扶乩者至，降仙于余绿意轩中。下坛诗曰："沉香亭畔艳阳天，斗酒曾题诗百篇。二八娇娆亲捧砚，至今身带御炉烟。""满城枫叶蓟门秋，五百年前感旧游。偶与蓬莱仙子遇，相携便上酒家楼。"余曰："然则青莲居士耶？"批曰"然"。赵春涧突起问曰："大仙斗酒百篇，似不在沉香亭上。杨贵妃马嵬殒玉，年已三十有八，似尔时不止十六岁。大仙足迹未至渔阳，何以忽感旧游？天宝至今亦不止五百年，何以大仙误记？"乩唯批"我醉欲眠"四字。再叩之，不动矣。大抵乩仙为灵鬼所托，然尚实有所凭附，此扶乩者则似粗解吟咏之人，练手法为之，故必此人与一人共扶乃能成字，易一人，则不能书。其诗亦皆流连光景，处处可用。知决非古人降坛也。尔日犿为春涧所中，窘迫之状可掬。后偶与戴庶常东原议及，东原骇曰："尝见别一扶乩人，太白降坛，亦是此二诗，但改'满城'为'满林'，'蓟门'为'大江'耳。"知江湖游士自有此种秘本，传相授受，固不足深诘矣。宋蒙求前辈亦曰："有一扶乩者到德州，诗顷刻即成。后检之，皆村书《诗学大成》中句也。"

到纪昀绿意轩中扶乩的这一游士，冒充诗人李白（青莲居士）的精魂下坛，而其大作表明他对李白的生平不甚了了，被赵春涧问了两个问题，就再也不敢下笔了。而没有被当场拆穿的扶乩游士还不知道有多少。

关于中国民间历久不衰的种种迷信，鲁迅在小说中不止一次地有所涉及。例如人血可以治痨病（《药》）、捐一条门槛就可以免去死后的灾难（《祝福》）之类，都是人们耳熟能详的。当代的许多所谓养生之道，其实也颇近于迷信；近年来电脑算命、讲究风水之类勃然兴起，更是触目惊心；商家普遍供奉财神爷，人们业已见怪不怪——而当代小说家中似乎还很少有人来暴露这些负面"传统文化"的乌烟瘴气。

《范爱农》的虚构成分

散文可不可以虚构？一般认为不可以，虚构就是小说了。但从散文创作的实例来看，局部的虚构似未能免，其中人物的语言尤其是如此。只是分量不能过多，不能穿帮露馅，应有严格的控制和恰当的处理。

空论无益，试举一例以明之。

鲁迅的回忆散文《朝花夕拾》集中，既有因时隔甚远而造成的记忆误差（一般回忆录中也难免有这种情形），还有若干自由的抒写，亦即为了文章之美而故意的虚构——这是我们在研读此集，特别是《范爱农》一篇时应当心中有数的。这一点鲁迅本人曾经声明过，他在《朝花夕拾·小引》中写道："这十篇就是从记忆中抄出来的，与实际内容或有些不同，然而我现在只记得是这样。"最后一句是很好的解释和烟幕，我们可以理解为其中多有为艺术的需要而作出的虚构。

《范爱农》一文写作者与范爱农的四段交往：1907 年在东京的同乡会上，1910 年（"革命前一年"）春末在绍兴重新相会及其稍后，绍兴光复，分手之后。其中的虚构主要见之于第一、第四两部分。

第四部分写道："报馆案是我到南京后两三个星期了结的，被一群兵们捣毁。子英在乡下，没有事；德清适值在城里，大腿上被刺了一尖刀"，于是孙德清（卿）拍了一张显示刀伤的照片，"并且做一篇文章叙述情形，向各处分送，宣传军政府的横暴"。照这里的说法，似乎王金发的部下捣毁《越铎日报》以及孙德清（卿）的四处喊冤是在 1912年 3 月，但此事实际上要晚些，其时鲁迅已在北京。《鲁迅日记》1912年 8 月 7 日："见北京报载初五日电云，绍兴分府卫兵毁越铎报馆。"鲁迅也曾看到孙德清（卿）近乎裸体的照片，颇为吃惊。①

第四部分又记了范爱农常说的一句话："也许明天就收到一个电报，拆开来一看，是鲁迅来叫我的。"这事大约会有，但范爱农绝不可能用"鲁迅"这个名字——这个笔名是在 1918 年发表《狂人日记》时才开始使用的，鲁迅该被称为"豫才"才对。现存范爱农致鲁迅的几封信②中，称谓皆作"豫才先生"。改作"鲁迅"，是为了行文的方便。又前文"哦哦，你是鲁迅！"和"老迅，我们今天不喝酒了。我要去看看光复的绍兴。我们同去。"这两处的情形也是一样。

不过最大的虚构还是在第一部分。鲁迅写道：在 1907 年的同乡会上，自己与范爱农发生冲突：徐锡麟等革命志士被清政府惨杀，鲁迅主张"打电报到北京，痛斥满政府的无人道"，而范爱农反对发电报，说："杀的杀掉了，死的死掉了，还发什么屁电报呢。"后来在推举电报拟稿人时，又有些不愉快。这一段虚构得很厉害，据周作人

---

① 参见张能耿：《鲁迅的青少年时代》，西安：陕西人民出版社 1981 年版，第351 页。

② 北京鲁迅博物馆鲁迅研究室编：《鲁迅研究资料》（第四辑），天津：天津人民出版社 1980 年版，第 124～127 页。

回忆说，当时在会上主张发电报的是倾向于君主立宪派的蒋观云一派，他们要求清政府文明处理此案，不要随便处刑，实际上是"借了主张公论的幌子，去和当时的清政府发生关系"①；另一派反对发电报，认为既然革命是双方开火，不必跟清政府去说什么话，鲁迅和范爱农都属于这一派；当时鲁迅还写诗讽刺蒋观云，范爱农引人注目之处只是他那特别的态度和语气。

范爱农是徐锡麟的学生和同志，二人关系十分密切；徐锡麟被捕后，清政府追索"通逆谋乱"的余党，两江总督端方致电驻日公使杨枢，指名要他密切注意范爱农和沈钧业这两个徐锡麟的同党，"不论何时回国，先期电知，以便设法密拿"②。范爱农发言时那样激愤，那样"冷"，原是可以理解的。对此鲁迅自当有理解的同情，而不至于认为"他简直不是人，自己的先生被杀了，连打一个电报还害怕"。这样写显然是虚构，是运用误会法构成冲突，为下文蓄势，使文章波澜起伏，也用来表现范爱农那特别的性格。如果照实去写蒋观云如何，自己如何，文章便容易枝蔓了。

但回忆散文中作这样大的虚构其实是不妥的；鲁迅后来意识到这一点，自称"《范爱农》写法较差"③，差就差在虚构过头。所以，《范爱农》一文不能完全视为信史。之前曾经看到一些关于鲁迅的年谱、传记，根据《范爱农》来记载鲁迅同范爱农在那次同乡会上的冲突，这是很值得加以推敲的——尽管是鲁迅的原文，我们却不能死于句下。

---

① 周作人：《知堂回想录》，香港：香港三育图书有限公司1980年版，第200页。
② 转引自薛绥之主编：《鲁迅生平史料汇编》（第一辑），天津：天津人民出版社1981年版，第304页。
③ 参见鲁迅于1934年12月2日致增田涉的信。

除了周作人提供的回忆录之外，《范爱农》文中也有关于虚构的内证，文章在叙述过那场冲突以后写道："从此我总觉得这范爱农离奇，而且很可恶。天下可恶的人，当初以为是满人，这时候才知道还在其次；第一倒是范爱农。中国不革命则已，要革命，首先就必须将范爱农除去。"因为一点不同的意见，就放开革命的对象而迁怒于一个同学同乡，情绪化到这样严重的地步，哪里是1907年鲁迅的境界？这自然是顺流而下继续为下文蓄势的虚构，决不能作为信史来看的。

略谈鲁迅的轻性论文

"轻性论文"这个提法出于鲁迅本人,他自己的这一类文章就编在有关的杂文集里。

所谓轻性论文是相对于学院派论文(或时下之所谓西式规范论文)而言的,鲁迅在1933年11月12日致杜衡的信中说:"轻性的论文实在比做引经据典的论文难,我于评论素无修养,又因病而被医生禁多看书者已半年,实在怕敢动笔。"

学院派论文是非要引经据典不可的,有些甚至全靠各路引文支撑着,文字一般比较板重,从中可以见学问,而较少或很难见到作者的个性。鲁迅也写过这样的论文,如《〈嵇康集〉考》等。但他更多的是写轻性论文:不大引经据典,引文虽然免不了会有一点,但很有控制,不设边注,夹注也不多,新意则必多而且有举重若轻之妙。轻性论文一般来说篇幅不长,当然这是相对于学院派论文而言的,如果同杂感、随笔相比,那总还是要略长一点。

鲁迅的轻性论文对所论的问题有深刻的观察和透彻的把握,全局在胸,思维活跃,分析和评论都有相当的意思,又比较讲究文采和意

趣，文笔灵动，可读性非常强。例如他论文学问题的《"硬译"与
"文学的阶级性"》《论讽刺》，论文学史问题的《宋民间之所谓小说
及其后来》《破〈唐人说荟〉》《关于〈唐三藏取经诗话〉的版本》
等，都是如此。

在鲁迅笔下，"杂文"是一个集合性的概念，指编年体文集中的
各种文章，不管其文体如何夹杂着编在一起，这个意义上的"杂文"
并非文体的一种，也不能用来指某一篇具体的作品。鲁迅的杂文集里
比较常见的有三类文章：一是杂感，最多，也往往径称为"杂
文"——这是狭义的"杂文"；二是随笔；三是轻性论文。鲁迅的有
些杂文集里没有轻性论文，他往往称之为杂感集。例如他在《三闲
集·序言》写道："我的第四本杂感《而已集》的出版，算起来已在
四年之前了。去年春天，就有朋友催促我编集此后的杂感。"《三闲
集》以前的四本杂感集是：《热风》《华盖集》《华盖集续编》和
《而已集》。《坟》则不在此列，鲁迅在提到这本集子的时候，自称其
中是"论文和随笔"（《三闲集·鲁迅译著书目》）；他又说《二心
集》中也有论文——这些就是所谓的轻性论文。《宋民间之所谓小说
及其后来》一文收在《坟》一书里，《关于〈唐三藏取经诗话〉的版
本》则在《二心集》中。

学院派论文当然是重要的，学者也应当写这样的论文；而写轻性
论文同样要有学问，要多看书，而且义理、考据、辞章必须全都在
行，其中的考证决不能是迂夫子式的纯述证，而往往多作点到即止的
辩证，这才容易引人入胜。鲁迅写过不少轻性论文，他的成功经验值
得我们好好学习。

鲁迅又写过不少学术随笔，可读性就更强一些。所谓随笔，一方
面来源于中国古代的笔记，另一方面更多受英国随笔的影响。鲁迅的

随笔大抵以议论为多，富有学术内涵，写法雍容，在侃侃而谈中让读者增长知识，提高认识，得到启发、教益和愉悦。鲁迅晚年尤喜作读史随笔，对史事作意味深长的分析和评议，行文委婉老辣，无学究气，亦无火气，谈言微中，令人想起眼前的现实，像《且介亭杂文》中的《儒术》《隔膜》《买〈小学大全〉记》等篇都如此。随笔和轻性论文在鲁迅晚年的文章中比重有所增加，表明他能够与时俱进，为文之道更上层楼；同时大约也与其时文网日密，发表不易颇有关系。鲁迅感叹说："要做得含蓄，又要不十分无聊，这正如带了镣铐的进军。"（1935 年 6 月 7 日致萧军）在这种情况下，峭拔犀利的杂感远不如从容舒缓的随笔、轻性论文更便于发表。

鲁迅文章之开合擒纵

除了纯粹的应用文之外，无论写什么文章大约都不可过于执着黏滞。一味死死地抱着中心或主题，容易使文章显得干枯乏味、紧张吃力，读起来也没有什么兴味。这就需要放得开，收得拢，纵之令远，又能手到擒来，指挥倜傥，舒卷自如；前人讲所谓"开合""擒纵""起落"之类，说的都是这样一层意思。

例如叙事，笔墨如果太粗，仅仅略陈梗概，就很难生动；而如果太细，又容易冗长拖沓。老舍先生说："叙述不怕细致，而怕不生动。""细写不算不对，但容易流于冗长。为矫此弊，细写须要拿得起，放得开。古人说，写文章要精骛八极，心游万仞。这是什么意思呢？就是作者观察事物，无微不入，而后在叙述的时候，又善于调配，使大事小事都能联系到一处。一笔写下狂风由沙漠而来，天昏地暗；一笔又写到连屋中熬着的豆汁当中也翻着白浪，而锅边上浮动着一圈黑沫。大开大合，大起大落，便不至于冗细拖拉"（《出口成章·谈叙述与描写》）。这是他的经验之谈，也是对文章学规律很好的总结。

这种场合下的开合起落，就是在叙述某一事物时，不去老盯住一点细写，而能找出新的角度，换一生长点再写，这样既能把所叙述的事物写透彻，又不至于冗长乏味。"开"是说拉开去；"合"则是指又回到原先要叙述的事物；"起落"是说文章要有跌宕变化，不是老在同一高度上。飞行特技表演往往起落变化很大，赏心悦目，进乎技矣，也是这个道理。

鲁迅纪念左联五烈士的名篇《为了忘却的记念》以叙事为多，但他并不径写自己同五位青年作家的关系，却先行引用《文艺新闻》上林莽（楼适夷）的《白莽印象记》，这可以说是一"放"；但马上说"这里所说的我们的事情其实是不确的"，接下来记叙自己同白莽（殷夫）的交往，这就是一"收"。在谈到自己送了两本裴多菲的德文版集子给白莽时，顺便介绍两本书的来历道：

那两本书，原是极平常的，一本散文，一本诗集，据德文译者说，这是他搜集起来的，虽在匈牙利本国，也还没有这么完全的本子，然而印在《莱克朗氏万有文库》中，倘在德国，就随处可得，也值不到一元钱。不过在我是一种宝贝，因为这是三十年前，正当我热爱彼得菲（按，现在通译为裴多菲）的时候，特地托丸善书店从德国去买来的，那时还恐怕因为书极便宜，店员不肯经手，开口时非常惴惴。

言之娓娓，似乎有点离题，其实乃是又一"放"，马上又"收"回来道：

后来大抵带在身边，只是情随事迁，已没有翻译的意思了，这回便决计送给也如我的那时一样，热爱彼得菲的诗的青年，算是给它寻得了一个好着落。所以还郑重其事，托柔石亲自送去的。谁料竟会落在"三道头"之类的手里的呢，这岂不冤枉！

这样就与白莽挂得很紧了；又带出了柔石，为下文要重点写柔石作准备。

这样忽放忽收，便显得灵活飞动，情味浓郁；如果平铺直叙地写自己同白莽的来往，第一次如何，第二次怎样，一五一十，按部就班，那就没有多少味道了。

以上说的是《为了忘却的记念》的第一部分，如果总揽其全文来看，则第一部分完全写白莽；第二部分重点写柔石兼及冯铿；第三部分合写白莽、柔石；第四部分写他们的被捕和自己的反应，兼及李伟森和胡也频，而又归结到白莽翻译的《格言》这里来；第五部分以抒情议论收尾。就文章主体的第一至第四部分而言，写五烈士而以白莽为叙事的线索，可谓大开大合；而第一部分本身，则可谓之小开小合。

如果并列地写五个人，再按固定的顺序（如时间顺序）写自己同他们每个人的交往，条理也许是清楚的，但全失灵动之效，甚至可能显得呆头呆脑，那就不是鲁迅了。

议论文同样存在讲究开合、擒纵之必要。鲁迅的又一名篇《拿来主义》中正面来讲这种"主义"的其实只有最后三段（第八至十自然段），而前文已经三处提到"拿来"，分别在第二、五、七自然段，所以此文实有三放三收，或曰三擒三纵，反复盘旋蓄势，最后才直入中心。全文波澜迭起，疏宕有奇气。我曾经有一文①专门分析此

① 参见顾农《从容入题 慢慢道来——谈〈拿来主义〉的结构》，原载《语文教学之友》1986 年第 4 期，后收入《中学鲁迅作品助读》一书。

事，这里不去多说了。

鲁迅有一篇大骂梁实秋的文章《"丧家的""资本家的乏走狗"》，是所谓"仅以一击给予致命的重伤"（鲁迅 1925 年 4 月 8 日致许广平的信）者，此文采用的是抱着题目分层论证的方法，但即使在这样的单刀直入的攻战之作中，也不乏开合擒纵的笔墨。文章在引用了梁实秋《"资本家的走狗"》中的一段原文之后，紧接一段议论道：

这正是"资本家的走狗"的活写真。凡走狗，虽或为一个资本家所豢养，其实是属于所有的资本家的，所以它遇见所有的阔人都驯良，遇见所有的穷人都狂吠，不知道谁是它的主子，正是它遇见所有的阔人都驯良的原因，也就是属于所有资本家的证据。即使无人豢养，饿的精瘦，但还是遇见所有的阔人都驯良，遇见所有的穷人都狂吠的，不过这时它就愈不明白谁是主子了。

然后才回过头来具体分析梁实秋这一论敌。从逻辑上说，先来这么一段是为了树立大前提，而从文章学的见地来看，实为宕开之笔。古人说："文字之妙，须乍近乍远，一浅一深。说渐近了，只管说得逼窄，无处转身，又须开一步说。如行舟者，或逼近两岸，须要拨入中流，方得纵横自在。"（李腾芳《山居杂著》）鲁迅指出梁实秋《"资本家的走狗"》一文实为其招供的自画像，业已逼近论敌，于是此外一笔宕开，讲一般走狗与"丧家"走狗之不同，然后再归结到眼前的论敌上来，这正是一放一收，一开一合，稍一纵之，继之以擒，更显得完全不把论敌看在眼里，对于战而胜之有着绝对的把握。

20 世纪二三十年代文坛上的烽火硝烟现在早已散去，其间的得失亦颇难言，但这并不妨碍我们从其中的名篇研究文章的笔法。

有些文章在全局上搞大开大合（如《拿来主义》），有些文章在局部上搞小开小合（如《"丧家的""资本家的乏走狗"》），有些文章两种开合兼而有之（如《为了忘却的记念》），各有所宜。运用之妙，存乎一心。

古人早已注意到开合有大局与局部之分，如说"虽笔之变化无常，而有一定之开合……以一篇之开合言之，或一段反一段正，一段虚一段实，此开合之大者，则局为之也。以一段之开合言之，或时而断时而续，时而纵时而擒，此开合之小者也，则笔为之也。"（王葆心《古文辞通义·作法十三》）涉及文章全局的以段为单位的开合，谓之大开大合；涉及相关段落的以句或句群为单位的开合，谓之小开小合——小大由之，各有各的用处。

刘熙载说："古文，大开大合、小开小合俱有之"（《艺概·文概》）；而鲁迅文章中亦俱有之也。

明末著名散文家张岱的《陶庵梦忆》一书中有《柳敬亭说书》一则，其中介绍柳大师的高超艺术道：

余听其说"景阳冈武松打虎"，白文与本传大异。其描写刻画，微入毫发，然又找截干净，并不唠叨。呶夹声如巨钟，说至筋节处，叱咤叫喊，汹汹崩屋。武松到店沽酒，店内无人，蓦地一吼，店中空缸空甏，皆瓮瓮有声。闲中着色，细微至此……每至丙夜，拭桌剪灯，素瓷静递，款款言之，其疾徐轻重，吞吐抑扬，入情入理，入筋入骨，摘世上说书之耳而使之谛听，不怕其蜡舌死也。

这里说柳敬亭说书既非常细微，又不是唠叨，他的诀窍正是拿得起，放得开。表演武松大吼大叫，一派英雄气概，但老是叱咤叫喊也不是办法，于是又去讲空缸、空甓嗡嗡的回声，作侧面的烘托。有开有合，有起有落，所以能够细而不冗，引人入胜。张岱文章里说的"疾徐轻重，吞吐抑扬"大约是兼就其声调而言，高潮处既有声如巨钟的叱咤叫喊，又并非一味叫喊，仍有"闲中着色"的细腻——这其实也正合于文章学的开合起落，富于变化。

　　不同门类的艺术各有其规律，其间又有相通之处——这就是艺术辩证法。任何单一的东西弄得太多了，就很容易干枯乏味，吃力而不讨好。

重读鲁迅译本《小约翰》

鲁迅起意翻译荷兰作家望·蔼覃（Frederik Van Eeden，1860—1932，今或译为弗雷德里克·凡·伊登）的长篇童话《小约翰》早在他留学日本的时候，当年鲁迅从德文杂志《文学的反响》（第1卷第21期）上读到这本童话的部分章节以及波勒·兑·蒙德对作者的分析介绍，大有兴趣，于是托东京丸善书店从德国买来德文的单行本，打算翻译，但因为种种原因，直到二十年后才了却了这一心愿。

在鲁迅译本《小约翰》① 的引言中，鲁迅生动地回忆起当年他作为一个穷学生，是如何向德国方面邮购此书的：

留学时候，除了听讲教科书，及抄写和教科书同种的讲义之外，也自有些乐趣，在我，其一是看看神田区一带的旧书坊。日本大地震后，想必很是两样了罢，那时是这一带书店颇不少，每当夏晚，常常

---

① 未名社1928年1月版，现收入《鲁迅译文全集》（第三卷），福州：福建教育出版社2008年版。

蝟集着一群破衣旧帽的学生。店的左右两壁和中央的大床上都是书，里面深处大抵跪坐着一个精明的掌柜，双目炯炯，从我看去很像一个静踞网上的大蜘蛛，在等候自投罗网者的有限的学费。但我总不免也如别人一样，不觉逡巡而入，去看一通，到底是买几本，弄得很觉得怀里有些空虚。但那破旧的半月刊《文学的反响》，却也从这样的处所得到的。

我记得那时买它的目标是很可笑的，不过想看看他们每半月所出版的书名和各国文坛的消息，总算过屠门而大嚼，比不过屠门而空咽者好一些，至于进而购读群书的野心，却连梦中也未尝有。但偶然看见其中所载《小约翰》译本的标本，即本书的第五章，却使我非常神往了。几天以后，便跑到南江堂去买，没有这书，又跑到九善书店，也没有，只好就托他向德国去定购。大约三个月之后，这书居然在我手里了……

和所有的爱书人一样，鲁迅喜欢逛书店、淘书，但他很少在文章里写这方面的内容，这里填补了这个空白。鲁迅为自己译著写序从来不取常见的套路，绝无八股气，他有时会围绕此书回忆起有关的往事来，成为很好的散文片段，《呐喊·自序》如此，这里也如此。鲁迅形容敬业的书店老板极其传神，写书生痛感怀里的空虚亦复具有典型性，让人想起类似的经历，读来不觉哑然失笑。

这种回忆散文的片段，同序言中的其他内容水乳交融，耐人寻味。在鲁迅那里，叙事、抒情、议论全都行所无事，圆通自在。他的回忆散文《朝花夕拾》中多有议论，而杂文、随笔以至序跋中又时见叙事之笔，同"单打一"的枯燥文字一比，高下立刻分明可见。

鲁迅当时之所以对《小约翰》产生如此强烈的兴趣，原因估计有两个：一是望·蔼覃那种象征与写实相结合的手法，二是他以童话的形式表达严肃主题的创作路径。但望·蔼覃此书所关注的是物质文明的负面作用以及人类知性内部的矛盾，对生态遭到破坏、数字化冲击人文精神深表忧虑，这些距离中国当时的现实相当遥远，但到今天，这些都变成很切近而尖锐的问题了。而在鲁迅那里，艺术上的追求往往服从于当下迫切的任务。他当年决心从事文学，原是"想利用他的力量，来改良社会"（《南腔北调集·我怎么做起小说来》）的，所以他没有急于立刻译出此书。

最值得注意的是，到 20 世纪 20 年代中叶，鲁迅终于译出了此书。到这时候，望·蔼覃的关切仍然距离中国的当务之急甚远；由此可见鲁迅绝不是那种因为救亡就忘了启蒙或一谈改造社会就不管深层次追寻的庸常之辈——他始终有一种思想家的派头和兴趣。近忧与远虑，都在他那伟大的头脑之中。

到 30 年代初，鲁迅在为三弟周建人辑译的《进化与退化》一书（上海光华书局 1930 年版）所写的小引中提到，"沙漠之逐渐南徙，营养之已难支持，都是中国人极重要，极切身的问题"；他又说："林木伐尽，水泽湮枯，将来的一滴水，将和血液同价……"这话在当时也许说得过早，而到今天，则已经很令人惊心动魄了。

鲁迅通过德文翻译此书时得到了他的老同事、老朋友齐寿山的帮助。鲁迅早年翻译外国小说往往通过德文，后来则更多地通过日文。到 20 世纪 20 年代中叶，他的德文水平大约已有所下降，而《小约翰》相当不容易译，用鲁迅自己的话来说，就是此书"看去似乎已经懂，一到拔出笔来要译的时候，却又疑惑起来了，总而言之，就是外国语的实力不充足"，于是要请老友出山来助一臂之力。在译本的序言中坦言自己外语实力之不足，这是需要胸襟和气度的——现在有些书的序言似乎是吹牛皮式的自颂比较多。

鲁迅引言中提到的波勒·兑·蒙德（P. de. Mont，1857—1931），现在通译为波尔·德·蒙特，比利时诗人、评论家，他为望·蔼覃写过评传。这篇评传，鲁迅曾译出，列为译本《小约翰》的附录之一，其底本还是留学时代得到的那本旧德文杂志。

《小约翰》今有胡剑虹的新译本（华夏出版社 2004 年版），是根据英译本转译的；这部新译本流畅易读，可谓了解望·蔼覃的又一功臣。她用作底本的英文本乃是周作人的旧藏，后归国家图书馆。周作人关心《小约翰》大约是受到乃兄的影响；如果他们兄弟没有闹翻，在鲁迅动手翻译此书时应当可以在英文方面得到他的支持。我想，当鲁迅感叹自己"外国语的实力不充足"时，也许想到过这位老弟吧。

鲁迅与嘉业堂所刻书

近贤吴兴刘承干先生（字贞一，号翰怡，1882—1963）是近代著名的藏书家。他的几处藏书楼共藏书达六十万卷，中多宋、元善本，尤注意网罗明、清著作，颇有罕见之书。据知情人介绍，"嘉业堂主人刘翰怡宅心仁厚，凡书贾挟书往者，不愿令其失望，凡己所未备之书，不论新旧皆购之，几有海涵万象之势。其时风气，明、清两代诗文集，几于无人问鼎，苟有得者，悉趋于刘氏，积之久，遂蔚成大观，非他藏书家所可及；至其所藏《明朝实录》《永乐大典》残本，则海内孤帙也。"① 承干先生不同于一般藏书家之处还在于，收藏之外，他又很致力于刻书，在文化积累方面作出了不小的贡献。他出资刊刻的有《吴兴丛书》（66种）、《嘉业堂丛书》（57种）、《希古堂金石丛书》（5种）、《求恕斋丛书》（35种）、《留余草堂丛书》（11种）等，其中《嘉业堂丛书》"多当代罕觏之籍，而于元、明遗老所著及其谱状，搜罗尤夥，如屈（大均）氏《安龙逸史》《翁山文外》，

① 陈乃乾：《上海书林梦忆录》，转引自秋禾、少莉编：《旧时书坊》，北京：生活·读书·新知三联书店2005年版，第92页。

《叶天寥自撰年谱》等编"（劳乃宣《嘉业堂丛书序》），面世后颇受知识界、思想界关注。

　　鲁迅相当重视刘氏嘉业堂所刻之书，1934 年 5 月他在得到老友许寿裳寄来的《嘉业堂丛书书录》以后，隔了一天就专诚跑到嘉业堂上海分室，亦即刘氏在上海爱文义路卡德路（今石门二路）的公馆去买书，结果"寻其处不获"（1934 年 5 月 5 日《鲁迅日记》）；又隔一天再去，地方是找到了，"因账房不在，不能买"（1934 年 5 月 7 日《鲁迅日记》）。后来又吃过一次闭门羹。没有办法，只好托人去买，到当年 11 月，才好不容易买到一批，凡 15 种 35 本：

《三垣笔记》四本

《安龙逸史》一本

《订讹类编》四本

《朴学斋笔记》二本

《云溪友议》二本

《闲渔闲闲录》一本

《翁山文外》四本

《呰呰吟》一本

《权斋笔记》附《文存》二本

《诗笩》一本

《渚山堂词话》一本

《王荆公年谱》二本

《横阳札记》四本

《蕉廊脞录》四本

《汉武梁祠画像考》二本

这里屈大均的《安龙逸史》《翁山文外》、李清的《三垣笔记》、蔡显的《闲渔闲闲录》都是清朝的禁书，鲁迅过去没有见过；武梁祠画像是汉画像中最重要的成果，鲁迅一向高度重视，在文章和书信中多有涉及。瞿中溶（字木夫）的《汉武梁祠画像考》完成于道光年间，但直到 1926 年才由刘承干校印出版，鲁迅未见过，赶紧一道买来，但看过以后才知道其实并不怎么高明，在 1935 年 11 月 15 日致台静农的信中特别提到"瞿木夫之《武梁祠画象考》，有刘翰怡刻本，价钜而难得，然实不佳。瞿氏之文，其弊在欲夸博，滥引古书，使其文浩浩洋洋，而无裁择，结果为不得要领"。但这也只有读过以后才能知道。世界上有不少书名气不小，不看一下总不放心。读后知道该书并不怎么样，也是一种收获。

鲁迅在购读《三垣笔记》等书以后，曾在文章和书信中多次提到，发表过若干零星而深刻的评论。其中最值得注意的是由读嘉业堂所刻书而作的《病后杂谈》（后收入《且介亭杂文》）。

此文是鲁迅晚年的名篇之一，其中就屈大均的《安龙逸史》、蔡显的《闲渔闲闲录》和杭世骏的《订讹类编》分别发表了不少很有意思的见解。例如，蔡显其人是因为他那本《闲渔闲闲录》被杀的，在《清代文字狱档》第二辑中有关于此案的文档；但鲁迅看了这本书以后发现，其中"并没有什么"，"内容却恭顺者居多"，这似乎很不容易理解，其实也并不奇怪，鲁迅指出，在当年的文字狱诸案中，有若干并不是在大是大非上有什么你死我活，而是"因于私仇"。古人报起私仇来其凶无比。认清这一点对人们深入剖析清代以至历代的文字狱大有帮助；而对所谓禁书，人们也大可不必一刀切地抱过高的期望。

鲁迅在《病后杂谈》一文中于大发议论之余，又顺便写到去嘉业堂买书之难，涉笔成趣，是很好玩的掌故：

到嘉业堂去买书，可真难。我还记得，今年春天的一个下午，好容易在爱文义路找着了，两扇大铁门，叩了几下，门上开了一个小方洞，里面有中国门房，中国巡捕，白俄镖师各一位。巡捕问我来干什么的。我说买书。他说账房出去了，没有人管，明天再来罢。我告诉他我住得远，可能给我等一会呢？他说，不成！同时也堵住了那小方洞。过了两天，我又去了，改作上午，以为此时账房也许不至于出去。但这回所得的回答却更其绝望，巡捕曰："书都没有了！卖完了！不卖了！"

我就没有第三次再去买，因为实在回复的斩钉截铁。

鲁迅说，该堂所刻书自己"现在所有的几种，是托朋友去辗转买来的，好像必须是熟人或走熟的书店，这才买得到"。像嘉业堂这样做生意，同现代商业物流的惯例实在相去天壤，好像很不容易理解。但我们要知道，承干先生继承了巨额遗产，非常富有，印书乃风雅之事，其志本不在卖书赚钱。

鲁迅曾在 1934 年 5 月 22 日致杨霁云的信中说过，"刘翰怡听说是到北京去了。前见其所刻书目，真是'杂乱无章'，有用书亦不多，但有些书，则非傻公子如此公者，是不会刻的，所以他还不是毫无益处的人物"。鲁迅在私人书信中臧否人物往往相当严峻，其实"有用"与否，全因读者而异；但鲁迅这里仍然有称颂刘承干的意思——在鲁迅笔下，"傻"往往带有褒义，"聪明"倒反而是贬义词，《野草》中那篇《聪明人和傻子和奴才》就是著名的一例。嘉业堂的傻子精神在出版史上颇为罕见，同当年以及当今那些大讲经济效益的出版商相比，尤其显得另类，于是它那种卖书的方式也就显得"前无古人，后无来者"了。

鲁迅谈归庄的散曲

　　明清之际著名作家归庄（字玄恭，1613—1673）是江苏昆山人，青年时代与同学、同乡顾炎武一起参加进步文人社团复社，清兵南下时加入当地人民的反清斗争，并鼓动大家杀死了投降清兵的原昆山县丞。失败后归庄伪装为和尚亡命他乡，后复回故乡，藏在其先祖归有光墓旁的墓庐（"丙舍"）中，隐居不出。诗文书画皆甚有名，其作品曾有不同的版本流传，今人增补编订的《归庄集》①最为齐备。

　　归庄作品中最动人的是哀叹国破家亡的诗文，悲怆沉郁，感人至深。如其《跋〈登楼赋〉》云："余自旃蒙作噩（按即乙酉，顺治二年，1645）之后，往往以客为家，然东西南北，谁是我家者？即不出户庭，亦时有逆旅之叹。丙午（康熙五年，1666）正月十二日，书此赋于丙舍之万家基。虽桑梓依然，不敢云我土也。所不同于王仲宣者，无楼之可登，无刘荆州之可依耳。"东汉末年王粲（仲宣）的《登楼赋》作于荆州，其中著名的句子是："虽信美而非吾土兮，曾

---

　　①　（清）归庄：《归庄集》，上海：上海古籍出版社1984年版。

何足以少留！"又道："悲旧乡之壅隔兮，涕横坠而弗禁。"他的大悲哀是因为时局混乱而背井离乡，寄人篱下，平生大志无从实现。归庄说自己比王粲可悲得多了，亡命他乡时固然是"以客为家"，即使待在故乡的老家里，也仍然有住在旅馆里的感觉，因为故国已亡，这里的土地"不敢云我土也"。王粲说他所寄居的荆州虽然是个好地方，却不是自己的本土；而归庄面临的局面则是故乡也"非吾土"了。王粲尚可依附荆州牧刘表，归庄到哪里去找依靠？作者因故国沦亡而产生的心灵剧痛通过这种比较得到了简明有力的表现。

明代文人的题跋一类文字以潇洒飘逸的居多，像这样沉郁顿挫的甚少。遗民的血泪洋溢于《归庄集》中，感动了后世无数的读者。

归庄最有名的作品大约要数他的散曲《击筑遗音》，另本题作《万古愁曲》，版本甚多，文字互有出入。鲁迅在看到《歌谣周刊》1925 年 4 月 5 日第 85 期上的《明贤遗歌》一文后，于 1925 年 4 月 8 日写信致其作者刘策奇（《歌谣周刊》第 87 期，1925 年 4 月 19 日）说：

您在《砭群》上所见的《击筑遗音》，就是《万古愁曲》，叶德辉有刻本，题"昆山归庄玄恭"著，在《双梅景闇丛书》中，但删节太多，即如指斥孔老二的一段，即完全没有。又《识小录》（在商务印书馆的《涵芬楼秘籍》第一集内）卷四末尾，亦有这歌，云"不知何人作"，而文颇完具，但与叶刻本字句多异，且有彼详而此略的。《砭群》上的几段，与两本的字句又有不同，大约又出于别一抄本的了。

到 1926 年 3 月，鲁迅购得一册《校正万古愁》，内有该曲，又有

《归玄恭年谱》，为昆山赵氏又满楼刊本（该书现存于北京鲁迅博物馆），稍后有评论云："近长沙叶氏刻《木皮道（散）人鼓词》，昆山赵氏刻《万古愁曲》，上海书贾又据以石印作小本，遂颇流行。二书作者生明末，见世事无可为，乃强置己身于世外，作旁观放达语……"（《集外集拾遗补编·书苑折枝（二）》）在今本《归庄集》卷二中，《击筑遗音》与《万古愁曲》均已录入，后者的依据正是昆山赵贻琛《又满楼丛书》本。

归庄以及《木皮散人鼓词》的作者贾凫西（约1590—约1674）其实并未遗忘世事，只是故作佯狂而已。归庄曲中对孔子说了几句不恭的话，其实也全是牢骚，意谓世事全无可为，连孔夫子也毫无办法。

读陈西滢《版权论》

陈源（字通伯，笔名西滢；1896—1970）先生早年留学英国多年，获博士学位，1922年回国，任北京大学英文系教授。他为广大读者所知，主要因为在1925年北京女子师范大学的风潮中，他以他本人编辑的《现代评论》为阵地与鲁迅等人大开笔战，一时知名度甚高。不久他败下阵来，1929年离开北京，出任武汉大学文学院院长，从此淡出文坛。

陈先生受英国文化熏染甚深，处处显得像个绅士，当年由于支持北洋军阀政府，又传播了一些没有根据的流言，如鲁迅的《中国小说史略》剽窃日本学者盐谷温之类，大遭进步人士非议，尤其是被鲁迅骂得狗血喷头；但如果不谈政治问题，不谈学生运动，他文章中倒也还有不少很好的见解。例如，《西滢闲话》① 中的《版权论》一文，就很值得一读。此文原载于《现代评论》第2卷第48期（1925年11月7日）。

---

① 新月书店1926年6月第1版，1928年3月再版，今有上海书店1982年影印本。

　　如今理论上人们都知道尊重他人的著作权了，翻译外国当代著作要得到作者授权，要与原出版社商量好如何付酬；而在当年则不然，许多人还持古老的所谓"言公"观念，别人的著作可以随便拿来资源共享；中国作者本人对自己的著作权益也不大注意保护，专门就版权问题而发的论文更是非常罕见。

　　西滢的观念显然比较现代。《版权论》中主要讲了两层意思。第一层提起他在英国时与萧伯纳、柯尔的谈话，他们都对自己的作品被译为中文却一个钱也没有拿到很有意见，十分生气。作者指出，这两位皆非财迷，他们是在依法保护自己正当的权益；而当时中国人对此往往不能理解。西滢感慨地写道：

　　这两件小事很可以表示欧洲著作家与中国的同业的观念是很不相同的，他们对于应享的权利，一分也不愿让，中国人却非但不觉得文字的酬报是权利，并且还觉得可羞。所以中国的剧曲家编了一出戏，非但表演的时候他抽不到税，自己要去看还得买门票。所以没有分文报酬的刊物如本报有人常常做文章，财力丰富的杂志反而找不到好稿件。这也许是中国人的好处，可是，我已经说过，这种情形是不会协助著述的发达的。

　　保护著作权的观念现在总算是深入人心了。观念的进化需要很长时间。

　　第二层进而直陈"中国书贾"对于著作家"凶恶"的掠夺，他们不给作者付酬，甚至根本不征得作者的同意就印行他们的文章著作；另一种情形是盗窃他者的版权，书店出选本不事先征得作者和原出版社的同意，事后也不付酬，文章列举眼前的事实道："例如'梅生'编辑，'新文化书社'出版的《中国创作小说选》，'鲁庄云奇'编辑，'小说研究社'发行的《小说年鉴》，书上还印着'版权所有'的字样，可是里面的小说没有一篇不是人家所有的版权。鲁迅、郁达夫、叶绍钧、落华生诸先生都各人有自己出版的创作集，现在有人用什么小说选的名义，把那里的小说部分或全部剽窃了去，自然他们自己书籍的销路大受影响了。"当时西滢与鲁迅恶斗方酣，但他对鲁迅的版权受到不法奸商的侵犯仍然仗义执言，颇具绅士风度；尽管鲁迅对此并不领情，以为他是在污蔑自己的同时于不紧要处故示公正。

西滢说："盗版的蠹虫如果不除掉，著述界是不会有健全的希望的。"这话很对。西滢所说的种种情况现在依然存在，甚至更加厉害、更加狡猾了。盗版猖獗，选载、转载、转摘而事先不打招呼事后亦不付酬的事情经常发生，如果涉及的金额不大，一般作者也就懒得去查询，更不想去打什么官司——这种官司打起来麻烦得很。保护知识产权的问题如果不好好解决，市场就是不健全的，唯一的受益者只有奸商。如今读这一篇八十多年前的《版权论》，竟然好像还未失其新鲜。

按武汉大学文学院同事苏雪林女士的说法，陈西滢先生的特点是"胸罗万卷而不轻著作"（《苏雪林自传》）；难怪他文学方面著作不多，真正著名的也就只有这一本《西滢闲话》。据说后来还有一本《西滢后话》（台湾萌芽出版社1970年版），可惜没有读过，不知道其中有些什么高论。

附原文——

版权论

我在伦敦去访萧伯纳的时候，偶然说及他的著作已经有几种译成中文了，他回答道："不要说了罢，那于我有什么好处呢？反正我一个钱也拿不着。"无论我怎样的解说，我说中国翻译的人自己也得不到什么好处，他就问为什么要翻译，我说我们为的是介绍他的思想，他就说他们还是为了要借他的名字去介绍他们自己的思想罢了，与他丝毫不相干。他说这话，好像真有气的似的。可是，你如以为萧伯纳的著作的目的是专门为挣钱，你可就错了。他初写剧曲的时候，有经验的朋友劝他去迎合观众的心理，还同他说，照他那样的写法，他也许免不了要饿死。他连理也不一理。

又一天我遇见基尔特社会主义的健将柯尔，我们谈起日本来。他说不喜欢日本人，因为他们太卑鄙：他们译了他的书不让他知道，不给他正当的版税。我心中不免想着中国人现在也正在译他的书，也不见得给他版税吧，只好暗暗的说一声"惭愧"。

这两件小事很可以表示欧洲著作家与中国的同业的观念是很不相同的，他们对于应享的权利，一分也不愿让，中国人却非但不觉得文字的酬报是权利，并且还觉得可羞。所以中国的剧曲家编了一出戏，非但表演的时候他抽不到税，自己要去看还得买门票。所以没有分文报酬的刊物如本报有人常常做文章，财力丰富的杂志反而找不到好稿件。这也许是中国人的好处，可是，我已经说过，这种情形是不会协助著述的发达的。

那两件小事，另一方面，又可以表示中国书贾的凶恶。中国没有加入国际版税同盟，所以翻印或翻译不问版权是不大要紧的。可是他们待中国的著作家，也一样的凶恶，自然是利用中国的著作家的普遍的弱点，知道他们不肯反抗的。现在市上发售的书籍，有许多可以做我们的例。

第一种是书贾完全享受了著作者的所有权。例如吴老先生的

《脁会客坐谈话》（原文如此。按，当是吴稚晖著《脞庵客座谈话》）销了至少数万部，所有的利息都上了泰东书局主人的腰包。《努力》里讨论古史的文章，当然是顾颉刚，钱玄同，刘掞藜诸位先生的版权，可是上海有一个书店自己印行成单行本。《甲寅》第十六号里有施畸先生的通讯，说出版合作社把他"错杂零缺及未成之稿，集而公之于世，标其书曰《中国文词学之研究》"。里面所载的，不但作者认为粗鄙肤浅，还有与他意思相反的。施先生写信给该社，请他们停止发行，回信"除颂谀道歉之外，并允所请"。可是实在该社方在低价发售。

又有一种最取巧的窃盗他家的版权。例如"梅生"编辑，"新文化书社"出版的《中国创作小说选》，"鲁庄云奇"编辑，"小说研究社"发行的《小说年鉴》，书上还印着"版权所有"的字样，可是里面的小说没有一篇不是人家所有的版权。鲁迅、郁达夫、叶绍钧、落华生诸先生都各人有自己出版的创作集，现在有人用什么小说选的名义，把那里的小说部分或全部剽窃了去，自然他们自己书籍的销路大受影响了。也许有人说，外国人也有这样的小说选啊。可是外国的小说选没有不先得作者的允许，有许多还得偿还部分的版税，中国可就不管了。

这样的例多着呢。可是最大胆的是王文濡编辑，文明书局出版的《胡适文录》了。要不是亚东书局迅速的交涉，现在又不知赚了多少钱。这种抢钱的办法实在是太可笑，而且太笨了。这种都是"著述界的蠹虫"，蠹虫不除，著述界是不会有健全的希望的。

（《现代评论》第 2 卷第 48 期，1925 年 11 月 7 日。后收入《西滢闲话》一书，新月书店 1928 年版）

《花随人圣庵摭忆》

最早注意黄濬（字秋岳，1891—1937）的《花随人圣庵摭忆》，是得到陈寅恪先生文章的提示，陈先生在《寒柳堂记梦未定稿·清季士大夫清流、浊流之分野及其兴替》中写道：

秋岳之文本分载于当时南京中央日报，是时寅恪居北平，教授清华大学，故未得见……重返清华园，始得读秋岳之书，深赏其旸台山看杏花诗"绝艳似怜前度意，繁枝留待后来人"之句，感赋一律云：

当年闻祸费疑猜，今日开编惜此才。
世乱佳人还作贼，劫终残帙幸馀灰。
荒山久绝前游盛，断句犹牵后死哀。
见说旸台花又发，诗魂应悔不多来。

秋岳坐汉奸罪死，世人皆曰可杀。然今日取其书观之，则援引广博，论断精确，近来谈清代掌故诸书中，实称上品，未可以人废言也。

于是借一部来看，是一种缩小了的影印本，细字密行，看不了多少就头昏眼花，只得废然而止。近来有新出的李吉奎先生整理本①，编校精审，版面疏朗，购读一套，觉得确为上品，值得一读。

此书的重点自然是在谈清代（特别是清末）的掌故，提供了许多珍贵的历史细节，分析也富于启发性，例如他论清季士大夫清流、浊流之分野，就与陈寅恪先生的分析十分靠近，可谓孤明先发；而他偶尔论及清以前的历史和人物，也极有可观，例如他认为中唐的二王八司马都是革新派，王叔文的所作所为"极似戊戌康、梁政变，其求治太急，与所处地位略相似，唯易太后为宦官耳"（《唐代二王当平反》②）；他又指出东汉末年的戴良、孔融都是转变风气的人物，尤其是孔融，"涉于疏放，远启魏晋之风"，"一世高名，而所开风气，乃只竹林之流，好为大言骇俗者，岂可不深思其流弊耶？"（《孔融远启魏晋之风》③）此意今颇有历史学家发挥之。此外书中谈南唐后主的澄心堂纸，谈明朝的口试，谈李渔的提倡著作权，如此等等，也都头头是道，引人深思。

可惜这样一位才子后来竟然泄露国家核心机密，为日本侵略者效力，世人皆曰可杀是当然的事情。而此书中有《说奸细》一则，其中提到历史上"元师征日时，日本已利用间谍，木宫泰彦《中日交通史》云：'当时两国关系虽极险恶，而日本商舶之赴元者仍不绝，日本利用此种商舶，使弘安之役被俘之宋人潜作间谍，往探元之动

---

① 黄濬著，李吉奎整理：《花随人圣庵摭忆》（上、中、下），北京：中华书局2008年版。

② 黄濬著，李吉奎整理：《花随人圣庵摭忆》（下），北京：中华书局2008年版，第723页。

③ 黄濬著，李吉奎整理：《花随人圣庵摭忆》（上），北京：中华书局2008年版，第310~311页。

静，故得知一切情形。竹林院左府记弘安六年七月一日条云，异国之事，近日其闻候今年秋可袭来之由。'读此可知彼邦早惯于勾买无耻，施技刺探，即世人所谓奸细也。"① 而其本人不久以后却正是干了向日本方面提供重要军事情报的无耻勾当。他何以如此明知无耻而故犯，实在不容易理解，这方面也没有看到过什么材料，深盼博学多闻者见教。

---

① 黄濬著，李吉奎整理：《花随人圣庵摭忆》（下），北京：中华书局 2008 年版，第 1006 页。

闻一多和他的澳门之歌

现代著名爱国诗人闻一多（1899—1946）早年留学美国，饱受民族歧视之苦，写下了许多充满爱国激情的动人诗篇，1925 年 3 月所作的《七子之歌》就是其中著名的一组。当年 5 月，他不等学业结束，即匆匆乘船回国。6 月 1 日到上海，穷得立刻典当衣服，才吃上一顿饭。7 月 4 日出版的《现代评论》第 2 卷第 30 期发表了他的组诗《七子之歌》。稍后，他母校的刊物《清华周刊》第 30 卷第 11 ~ 12 期合刊全文转载此诗，并有署名"吴嚷"的附识云："读《出师表》不感动者，不忠；读《陈情表》不下泪者，不孝；古人言之屡矣。余读《七子之歌》，信口悲鸣一阕复一阕，不知清泪之盈眶，读《出师》《陈情》时，固未有如是之感动也。今录出之聊使读者一沥同情之泪，毋忘七子之哀呼而已。"

所谓"七子"是指当时被外国占领的中国的七块领土：澳门、香港、台湾、威海卫、广州湾、九龙和旅大（旅顺、大连），闻一多把他们比作被迫离开祖国母亲怀抱的七个儿子，通过他们之口哭诉被外人欺凌之苦和强烈要求回归的感情，澳门分离得最早，所以列为首篇：

你可知"妈港"不是我的真名姓？

我离开你的襁褓太久了，母亲！

但是他们掳去的是我的肉体，

你依然保管着我内心的灵魂。

三百年来梦寐不忘的生母啊！

请叫儿的乳名，叫我一声"澳门"！

母亲！我要回来，母亲！

　　每一个中国人读这样质朴而热烈的诗篇当无不为之感动，为之热血沸腾；今天澳门终于回到伟大祖国的怀抱，人们欢呼振奋，这确实是一个旷世的盛典，是我们伟大祖国在跨进新世纪前夜一个盛大的节日。人们前不久刚刚为闻先生做过诞辰一百年的纪念活动，先生的在天之灵听到澳门回归的喜讯，当如何诗兴大发，豪情满怀！

　　《七子之歌》的正文之前，闻先生有一段小序，略云："吾国……先后丧失之土地，失养于祖国，受虐于异类，臆其悲哀之情，盖有甚于《凯风》之七子，因择其与中华关系最亲切者七地，为作歌各一章，以抒其孤苦之告，眷怀祖国之哀忧，亦以励国人之奋兴云尔。"《凯风》是《诗经》里的一首诗，闻先生后来是研究《诗经》的专家，看来他早年就十分注意将古典文学的研究和当下的文学创作打通，走一条文苑儒林合而为一的路子。死守在象牙之塔里做于世无补的死学问是没有太大意思的。

　　1998 年中央电视台播放了大型纪录片《澳门岁月》，其主题歌就采用闻先生《七子之歌》中关于澳门的这一首诗，由著名音乐家李海鹰作曲；澳门各业余合唱团一千多人演出，由澳门培正中学小学部一位七岁半的小姑娘容韵琳领唱，他们声情并茂的演唱令观众无不动容。大约是为了入乐的方便，歌词作了小小的改动，其词如下：

你可知 Macau 不是我真姓？
我离开你太久了，母亲！
但是他们掳去的是我的肉体，
你依然保管我内心的灵魂。
三百年来梦寐不忘的生母啊！
请叫儿的乳名，叫我一声"澳门"！
母亲啊母亲！我要回来，母亲！母亲！

郁达夫与诗

郁达夫的《书塾与学堂》最初发表在《人间世》第 19 期（1935 年 1 月 5 日出版），副题"自传之三"。该文对人们了解郁达夫的青少年时代大有帮助，同时也是一篇很好的散文。在新文学作家中，郁达夫是旧体诗写得比较多，也比较好的一个。早在 1918 年，郁达夫留学日本的时候就曾经用七言绝句的形式写过十八首自述诗，可以说是诗体的自传。其中有两首同《书塾与学堂》可以互相印证，互为补充。《自述诗》（其四）云：

> 九岁题诗四座惊，阿连少小便聪明。
> 谁知早慧终非福，碌碌瑚琏器不成。

据《书塾与学堂》，郁达夫七八岁时初进私塾，由于在这以前他已经受过良好的家庭教育，所以九岁就能题诗，显示了出众的才华。关于自己的早慧，《书塾与学堂》也有所涉及，说是自己进县立高等小学堂时，因为平均成绩很高，跳了一级。在诗里，他拿南朝著名的神童、诗人谢惠连（407—433）自比，不无有些得意；但同时又哀叹说，早慧并不是什么好兆头，所以至今碌碌无为。《南史》记载，谢惠连"十岁能属文，族兄灵运嘉赏之，云'每有篇章，对惠连辄得佳句'"。可惜他死得很早，还不到三十岁便英年早逝了。钟嵘叹为"才思富捷，恨其兰玉夙凋"（《诗品》卷中）。古人往往认为早慧未见得是好事。又《自述诗》（其五）云：

> 十三问字子云居，初读琅嬛异域书。
>
> 功业他年差可想，荒村终老注虫鱼。

自注道"十三岁始学西欧文字"。这是他在富阳县立高等小学堂的事情。《书塾与学堂》提到"十三岁那一年冬天"发生的一些事情，没有说到学外语，二者可以互为补充。那是一个洋学堂，学外语，读异域书，乃题中应有之义。在《水样的春愁——自传之四》中，作者详细地回忆起早年学英语的情形，并可参看。

> 钱王登假仍如在，伍相随波不可寻。
>
> 平楚日和憎健翮，小山香满蔽高岑。
>
> 坟坛冷落将军岳，梅鹤凄凉处士林。
>
> 何似举家游旷远，风波浩荡足行吟。
>
> ——鲁迅《阻郁达夫移家杭州》

鲁迅这首诗收入《集外集》时题作《阻郁达夫移家杭州》；而据《鲁迅日记》，这首诗是1933年12月30日书赠郁夫人王映霞女士的。郁、王之移家杭州是在当年4月25日，此事鲁迅并不赞成，但也不便直言反对，4 月 22 日还曾在知味观（饭店）邀集友人为他们饯行。八个多月以后，鲁迅才写这首诗，从内容看，正如王映霞后来所说，"有劝我们离开杭州的意思"（《半生自述·移家杭州》）。不知道诗题何以要改为《阻郁达夫移家杭州》，好像不大容易理解。

郁达夫对杭州本来也很反感，曾经说过"浙江虽是我的父母之邦，但是浙江知识阶级的腐败，一班教育家、政治家对军人的谄媚，对平民的压制，以及小政客的婢妾行为，无厌的贪婪，平时想起来就使我作恶。所以我每次回浙江去，总是抱了一腔嫌恶的恶憝，障扇而过杭州"（《还乡记》）之语。现在他移家杭州，无非是因为王映霞的老家在杭州，而他本人此时也有点消沉，有躲进湖光山色中去过隐逸生活的意思。这种思想状况稍后为鲁迅所察觉，大不以为然，于是通过赠王映霞的诗，委婉地予以劝告。

诗的第一句单刀直入，径写杭州的政治黑暗。五代时吴越王钱镠割据浙江，建都杭州，其人的残暴恣肆在历史上颇为有名，鲁迅在杂文书信中多次提到过。"钱王登假仍如在"是说钱镠虽然早已死了但他仍然活着，言外指国民党杭州当局诸人——他们曾经呈请通缉鲁迅、郁达夫等发起中国自由运动大同盟的人们，鲁迅忘不了这件事。诗的第二句说在杭州这样的地方，像伍子胥那样正直的人是无法安身的。这两句显然是从环境之险恶这一侧面说明必须把家移出杭州。"平楚日和""小山香满"写杭州风光，这正是郁达夫当时所欣赏、所追求的可以"偷安"的境界。但是鲁迅认为，这一境界于郁、王夫妇是不合适的。鲁迅认为郁达夫是或者说应当是"健翮"，是"高岑"，所以不宜待在这里。曾经有一种意见，将"健翮""高岑"都理解为贬义的东西，那样解释就大不相同了。从鲁迅的审美观来考虑，他一向欣赏健美的鹰隼，直到临终前不久还说："假使我的血肉该喂动物，我情愿喂狮、虎、鹰隼，却一点也不给癞皮狗吃。养肥了狮、虎、鹰隼，它们在天空，岩角，大漠，丛莽里是伟美的壮观，捕来放在动物园里，打死制成标本，也令人看了神旺，消去鄙吝的心。"（《且介亭杂文末编·半夏小集》）以伟美矫健的鹰隼来指反面形象，在鲁迅笔下恐怕没太有可能。"健翮"应指鲁迅对郁达夫的高度评价和殷切期待。这里"憎"字的用法颇近于杜诗之"文章憎命达"（《天末怀李白》）。"高岑"亦用以喻指郁达夫，鲁迅希望他不要为安乐的生活、优美的景色所陶醉而忘却战斗，指出了"高岑"有被"小山香满"所蔽的危险，给朋友敲警钟，语重而心长。山小而高者曰岑，一般的小山本来是不能掩蔽高岑的，正如一个真正的斗士本不会被安乐的生活、优美的景色迷住心窍一样，然而有时会有相反的不正常的情形，这正是鲁迅要提醒郁达夫的。

五、六两句转入一个新的意境，这里提到两位古人，似乎是信手拈来，而言外均有深意。岳飞将军抗敌有功，对统治集团却奉命唯谨，身后坟坛冷落；林逋居士洁身自好，梅妻鹤子，虽自得其乐，而于世无补，其实是凄凉的。这里同样隐藏着对郁、王夫妇的规劝和期待，希望他们丢掉幻想，走出茅庐，重新投身到火热的斗争当中来。寓针砭于咏古之中，老辣浑厚，动人心魄。至此已是水到渠成，于是正面提出建议：与其在杭州待着，"何似举家游旷远，风波浩荡足行吟"！

后来郁达夫挈妇将雏远赴南洋，可以说正大有"举家游旷远"之意。不过这时离他写那组著名的《毁家诗纪》、与映霞夫人分手，已经不远了。

赵家璧回忆录的启示

最近陆续读完中华书局 2008 年秋冬推出的著名出版家、编辑家赵家璧先生（1908—1997）的三本回忆录：《编辑忆旧》《文坛故旧录：编辑忆旧续集》和《书比人长寿：编辑忆旧集外集》，深受感动和教益。家璧先生从事编辑出版事业数十年，一辈子为他人作嫁衣，取得了很了不起的成绩。他的这三本回忆录不仅提供了研究现代文坛、作家、作品、翻译家、译品的重要资料，也是极其珍贵的编辑学文献，具有非凡的史料意义和学术价值。

赵先生毕生只干过一个职业——编辑。从这些回忆录中我们可以得知，当他还是上海光华大学附属高中的学生的时候，就担任了校刊的编辑主任和总编辑；在就读光华大学期间更为良友图书印刷公司主编了《中国学生》月刊和《一角丛书》；1932 年大学毕业以后正式进入出版界，任良友图书印刷公司出版部主任，负责文艺图书这一领域，到抗战爆发前短短几年时间不仅继续推出《一角丛书》等大批后续出版物，而且编辑出版了《良友文学丛书》（40 种）及该丛书特大本 4 种、《良友文库》（16 种）和《中国新文学大系（1917—

1927）》，都产生了很大的影响，取得了不俗的社会效益和经济效益。尤其是十大本的《中国新文学大系（1917—1927）》可谓新文学奠基时期的总结性巨著，水平极高，产生了很大的影响，至今还是现代文学研究者案头必备之书。1947年6月，他在老舍的大力支持下合作建立晨光出版公司①，任总经理兼总编辑，迅即推出《晨光文学丛书》（39种）和《晨光世界文学丛书》（19种）。前者包括《四世同堂》在内的大批老舍的作品、钱锺书的《围城》等一系列文学精品；后者则是美国文学的一批名著名译（原计划命名为"美国文学丛书"），尽管出版时已在中华人民共和国成立前夕，来不及产生多大的影响，但用历史的长镜头来观察考量，这套书乃规模空前的关于美国文学的译介，在文化交流方面具有重大的意义。

新中国成立后赵先生先后在上海人民美术出版社、上海文艺出版社担任领导，又主持出版了许多很好的图书；晚年除了在出版社做了大量工作以外，更撰写了一系列回忆文章，曾由三联书店出版，现在都集中在中华书局所出的这三本书之中，一面世即极得士林爱重，被视为重要的文化积累。

赵先生毕业于光华大学西洋文学系，很早就有作品和译品发表，学养很高，他本来完全可以成为一位学者、作家、翻译家，事实上他也曾先后出版过专著《新传统》②和《室内旅行记》《今日欧美小说之动向》《月亮下去了》等译本；但他早已决定不去走这样一条本来完全可以走得通的路，而全身心投入到编辑出版工作，以此作为一生

---

①　赵家璧：《文坛故旧录：编辑忆旧续集》，北京：中华书局2008年版，第62～125页。

②　李文俊称此书为"中国最早研究美国现代小说的专著"，详见《译余断想》，《读书》1985年第3期。

的事业，只是用很少的业余时间兼顾自己的译著。这样的选择应当说是英明的，后来的事实证明，作为出版家、编辑家他是无人可以取代的。

赵先生回忆说，他的这一选择深得鲁迅先生的肯定和赞许——

一九三三年初，新创《良友文学丛书》，事前，由郑伯奇陪我去谒见鲁迅先生。鲁迅听我说愿意把文艺编辑作为自己终生的事业时，他老人家亲切地鼓励我："这是一种非常需要而且很有意义的工作，我自己也是搞过这一行的，其中也大有学问啊！"过了不久，《良友文学丛书》就以鲁迅的两本译作开了头，接着茅盾、巴金、老舍、郑振铎、叶圣陶、沈从文、张天翼等著名作家的手稿源源不断地到了我手中……①

据赵家璧的子女说，家璧先生生前最喜爱的一本书是英文版的《为了书的一生》——这个书名恰恰也正是他本人准确传神的写照。

但是编辑部外面的世界也很精彩，文化工作难免比较清苦，终生坚持，殊非易事。抗战后期，环境恶劣，百物昂贵，生活很艰难，曾有人出于好心苦劝漂泊于西南天地间的家璧先生放弃出版事业，改行经商；家璧先生不为所动，不改初衷②，表现出崇高的文化使命感。人没有一点精神是不行的，坚守出版阵地尤其需要排斥外来诱惑的定力。

赵先生不仅具有从一而终、矢志不渝的坚韧战斗精神，在具体的

---

① 赵家璧：《编辑忆旧》，北京：中华书局 2008 年版，第 5 页。
② 赵家璧：《书比人长寿：编辑忆旧集外集》，北京：中华书局 2008 年版，第 193～194 页。

编辑出版事业中，他更提供了许多非常成功而且至今仍富于教益的宝贵经验，值得后来人认真地学习和借鉴。

例如他创意丰富，金点子很多，而且落实得好，取得了非凡的成绩。就拿他半工半读开始在良友图书印刷公司打工时开的第一炮——《一角丛书》来说，可谓一鸣惊人，初战大捷。《一角丛书》是从美国出版物中获得借鉴而又深合当时中国国情的一套廉价小丛书，因为方向对头、行动迅速，很快就产生了非常好的社会效益和经济效益。家璧先生有两段回忆谈起这一套小丛书，一段在他以第三人称的口气撰写的《编辑生涯自述》一文中：

这套小丛书的设想，赵是从美国当时出版售价一律五美分的《小蓝书》（*Little Blue Book*）得到启发后创刊的。这是一套综合性廉价小册子，因售价低廉、携带方便、内容多样、作者队伍整齐、选题适合群众迫切需要而获得好评，共出八十种，实销五六十万册。①

实销五六十万册是一个惊人的数字，那时一般图书的销售量也就几千本或者更少。另一段是在一篇关于《一角丛书》的专题回忆录中，家璧先生详细谈起创意的由来和事先的成本预算，又说到开始几本由于内容杂乱、远离实际并不成功，而九一八事件发生后，他本人则终于想通了这样一个关于出版的硬道理："不考虑到时代和群众的呼声，不闯向社会去找在读者中有权威的作家，编辑工作势必面临失败之一途"，于是他迅即约请本校（光华大学）的教授罗隆基和《东

---

① 赵家璧：《书比人长寿：编辑忆旧集外集》，北京：中华书局 2008 年版，第 186 页。

方杂志》主编胡愈之就当前的国际、国内形势发表意见，请他们不吝赐稿，而这些适合时宜的高质量的稿子一到手，形势就立刻不同了。回忆录中关于他这个"半出茅庐"的小编辑很冒昧地去拜见出版界大人物胡愈之的一段写道：

我大胆地怀着试试看的心情，独自去找胡愈之先生，我递了名片后，就在会客室里静静地等候着，我深怕他本人不接见，派个助手来敷衍一番，把我打发走了事，这是颇有可能的。正在提心吊胆时，矮个子、头发已开始脱落的胡愈之先生非常热情地亲自接见了我。他握着我这个年轻编辑的手，我真是受宠若惊。我把已出的六种小丛书送给他，请他批评指教；原来这以前，他还没有见到这套小丛书呢。自我介绍一番后，我直截了当地要求他为我们写一本有关当前东北问题的小册子，他马上颔首答应了。他早知道《良友》画报，但对这样一种别开生面的小册子丛书，认为是普及知识的好形式，值得好好把它出下去。他问我对这样一套小丛书有什么长远打算，这位前辈编辑的话，一下子击中了我的要害，因为我当时限于条件，正在应付危局，根本没有作这方面的考虑。他知道我还在大学读书时，就问我毕业后是否还要继续做编辑工作。我表示想把这个工作作为自己的事业时，他说："图书编辑工作是值得有志青年干它一辈子的！"我告别出门时，简直不相信第一次向一位知名作家和大编辑组稿，会获得如此顺利的结果。不到一星期，他写的《东北事变之国际观》手稿寄来了。文章一开始就说："这次东北事变是第二次世界大战的一种准备，亦犹之1911—1912（年）的巴尔干战争是第一次世界大战的准备一样。"历史的发展证明这个科学的预见是完全正确的。十月底作为丛书的第九种出版，又是一本轰动全国的畅销书。此后，我的胆子壮大了，组稿对象逐渐打开。其他专家又写了《东北抗日的铁路政策》《日俄对峙中的中东铁路》及《国际联盟理事会的剖视》等，这些关于时事问题的丛书，受到读者的普遍欢迎，到一九三一年底，出满了二十种，四个月中销了十万余册。①

一个未来的大编辑，就这样在学生时代崭露了头角，显示了他不凡的志气、干劲和才华。此后他的优秀创意层出不穷，先后推出著名的《良友文学丛书》《良友文库》和《中国新文学大系（1917—1927）》，产生了广泛而深远的影响。良友图书印刷公司也从一个只以画报而为人所知的小出版社一跃成为遐迩闻名的新文学图书的出版公司。印在《一角丛书》上那幅农夫播种图的出版标记后来被印在这几种丛书的里封、环衬或包封上，成了良友图书印刷公司的品牌形象。连续不断地贡献精品，迅速形成独特的品牌——初出茅庐的青年编辑赵家璧，几年之间已经成为颇为知名的行家了。

青年赵家璧的志气、见识和埋头实干的精神，对于时下队伍已经颇为可观的青年编辑们，实在是一个极好的榜样。良友图书印刷公司的老板一向放手让家璧先生去闯天下打江山，也很值得当今的社长老总们借鉴参考。

家璧先生在编辑出版工作中，一方面倚重名家，另一方面又很注意发现新人。名家的重要性是不言而喻的，胡愈之的一本《东北事变之国际观》激活了《一角丛书》，而重量级高手的云集，则保证了《中国新文学大系（1917—1927）》的巨大成功——这部大系请德高

---

① 赵家璧：《书比人长寿：编辑忆旧集外集》，北京：中华书局2008年版，第20～21页。

望重的蔡元培作总序，各卷的编选者全是一时的最佳人选，他们是：胡适（《建设理论集》）、郑振铎（《文学论争集》）、茅盾（《小说一集》）、鲁迅（《小说二集》）、郑伯奇（《小说三集》）、周作人（《散文一集》）、郁达夫（《散文二集》）、朱自清（《诗集》）、洪深（《戏剧集》）和阿英（《史料·索引》），十佳编者阵容之强大豪华，简直无以复加。这套大系煌煌十巨册500万字，1935年8月出版以后，立刻成为中国新文学发展史上的一座丰碑。

在编辑出版的操作过程中，赵先生非常尊重前辈大家，他的回忆录中有好多篇是关于鲁迅的，先前曾集印为一册《编辑生涯忆鲁迅》（人民文学出版社1981年版），收在中华书局所出的三本回忆录中的更为齐全，而且经过增订，内容更加丰富。从中我们固然可以看到鲁迅勇猛精进的工作精神和奖掖后进的高风亮节，同时也可以看到青年编辑家璧先生谦虚诚恳、周到细致的作风和极端负责的工作态度。此外，茅盾、郑伯奇、阿英、老舍、巴金等前辈对他帮助亦多，家璧先生都有过动人的回忆。一个大老爷式的编辑，不管你水平多高，资格多老，总是不灵的。

家璧先生在实际工作中也十分注意发现新人，他主持的几套丛书中都有年轻作者、文学新人的作品，最为典型的是专为左联青年作家编印的《中篇创作新集》。这套小丛书原定十二种，实出八种，都是原创性的新作，有些还是因编辑催促才动手写的，计开：蒋牧良的《旱》、欧阳山的《鬼巢》、舒群的《老兵》、艾芜的《春天》、周文的《在白森镇》、罗烽的《归来》、葛琴的《窑场》、草明的《绝地》；另有荒煤的《灾难》和沙汀的《父亲》因上海已陷入火线而未能出版。这些作者后来都有很大的名声和很高的地位，而当时则都还是新人。编一套像这样的丛书，编辑出版一方已化被动为主动，通过策划组织，引导出一批"从无到有"的新作。这种主动性十足的工作思路对于促进创作繁荣，特别是新人成长是非常有利的。一味坐等佳作很可能是当不成编辑家的。

家璧先生在编辑出版事业中一向注重画报和图文本的书。注重画报本是良友的传统，但到了家璧先生这里已大有发展变化，他先后主持出版了比利时版画名家麦绥莱勒的木刻连环画（4种）、鲁迅编选的《苏联版画集》以及《万有画库》（44种）、《图画知识丛刊》（5种），到晨光阶段又有《中国画家木刻连环画》（6种）、《苏联名家画集》和《新中国画库》《人民民主国家画库》《苏联画库》等多种。后来他被分配到上海人民美术出版社工作，显然与这些经历和成果有关。在当今这样的"读图时代"，家璧先生的经验仍有许多值得借鉴和学习之处，至少可以引发我们更深刻的思考。

到晚年，赵家璧先生大力倡导开展编辑学研究，《书比人长寿：编辑忆旧集外集》一书有《大家来写〈中国现代出版史〉》《共同努力办好〈出版史料〉》二文，都是语重心长的文字。他本人老当益壮，笔耕不辍，撰写了大量珍贵的回忆文章，体现了一种"编辑的自觉"。将编辑作为一门学问来研究也正是他一生身体力行的原则和理想，这里有很多值得学习和研究的东西。

这一次中华书局一举推出他"忆旧"系列的三本书，带有积累出版资料的深远意义，此乃文化积累的一个重要方面。近现代以来中国还有不少成功的出版家、编辑家，他们也许没有像家璧先生写过这么多史料性很强的文章，但先出那么几本材料应当是足够的，大可出一套《编辑家丛书》以飨读者。如果已有合适的人选而他还没有写或写得尚少，也正可以通过这套丛书的策划和出版推动他们一下。在这里，有胆略、有远见的出版社应当是大有可为的。

　　中华书局所出的这三本家璧先生的书，校对精审，印订俱佳，正文之前插图丰富，其中有许多珍贵的照片、书影和手迹，封面、封底也都十分讲究。由家璧先生的女公子赵修慧执笔的后记中有云："责任编辑李世文先生办事认真，作风细致，力求完美，还经常来函征询我们的意见，我们合作得十分愉快。仅以封面设计为例，我们要求将家父印在他主编的良友版图书封二上，作为他的编辑标识的播种图用作封面主图，将象征良友的'双鹅'图徽（现今被称为 logo）和象征晨光的'雄鸡'图徽置于封底。李先生与美编丰雷先生克服了许多困难，几易其稿，实现了我们的愿望，在此谨表感谢。"① 办事认真，作风细致，力求完美，追求图文并茂这几条，正是当年家璧先生始终坚持的原则。我们很高兴地看到家璧先生的风范后继有人，并坚信今后会进一步发扬光大！

---

　　① 赵家璧：《书比人长寿：编辑忆旧集外集》，北京：中华书局 2008 年版，第277 页。

顾随先生讲《论语》

《论语》可以有各种讲法，大众化的，学院派的，清谈式的，精英式的，只要有道理、有好处，都可以。释迦牟尼大约同孔子一样，一共也没有说过多少话，而发挥其教义哲理的《大藏经》则浩浩荡荡，至今也还颇有读者。

我因此想起先前读过的著名学者顾随先生（字羡季，1897—1960）的《〈论语〉六讲》——这原是老先生20世纪40年代在北京辅仁大学课堂上讲的，我们自然无从听到，幸而有他的高足叶嘉莹女士整理出来的听课笔记，先后收入《顾随诗文丛论》① 和《顾随全集》② ——曾经大受启发，所以很愿意介绍给对于孔子及其思想有兴趣的人们。

这六讲具有很高的学术性，言必有据，且有深刻独到的分析。例如《泰伯》篇记录曾参的话说："可以讬六尺之孤，可以寄百里之

---

① 顾随：《顾随诗文丛论》，天津：天津人民出版社1995年版。
② 顾随：《顾随全集》，石家庄：河北教育出版社2000年版。

命，临大节而不可夺也。君子人与？君子人也。"这几句话看似好懂，其实需要仔细研读。羡季先生解释说：

"六尺之孤"——国君（幼）；"百里之命"——国政。寄，犹讬也。"讬"与"托"很相近，自托曰托，讬人受托曰讬。寄，暂存。……受外界压迫影响而变节曰"夺"。

然后他又引用南朝梁皇侃、北宋程颐（伊川先生）、南宋朱熹等几种不尽一致的解说加以说明。这三位的说法各有重点：皇侃强调为臣者能始终不变其节；程颐主要讲"节操"；朱熹却道："其才可以辅幼君，摄国政，其节即至于死生之际而不可夺，可谓君子矣。"诸说何以如此不同？哪种说法更好？看来还是朱熹讲得全面，积极的作为和消极的操守都讲到了。羡季先生认为，东晋的大臣如桓温、刘裕一旦北伐成功就跋扈起来或篡位上台，所以皇侃强调为臣之节；"朱子生于乱世，北宋之仇不能不报，而现在的局面又不能持久，故先言才。程子生于北宋，不理会此点，而且程子人太古板。伊川先生为侍讲，陪仁宗游园，仁宗折柳一枝，伊川责之。其实不折固然好，折也没关系，何伤乎？书呆子，不通人情，不可接近。北宋末洛、蜀之争，即程与东坡之争。东坡通点人情，看不起伊川。朱子乃洛派嫡传，而此点较程子积极，即因所生时代不同"。知人论世，讲得十分透彻。经典的诠释往往与时俱进，前后不会完全一样；今天来讲经典非有充分的准备不可，不掌握大量的文献并加以分析就不可能讲透。

据说现在有些学者讲古代的人物事件，每每以翻案出奇为卖点，甚至哗众取宠，信口开河。这恐怕是不大好的。讲谈当然不必像讲课那样严谨，但也不可豁边。

同那些完全身居象牙之塔的纯学者不同，顾随先生很关心社会，讲书时也偶有联系现实的地方，但都是顺便谈起，而且是从经典的原来意义出发的。这个办法比较好。一味六经注我，不如干脆讲当下的种种。

孔子说，君子的特点是"己欲立而立人，己欲达而达人"（《论语·雍也》）。羡季先生解释这两句并发挥道：君子要做到两条，向内加强品格修养，向外成就一番事业。所以——

向内太多是病，但尚不失为束身自好之君子，可结果自好变成了"自了"，这已经不成，虽尚有好处而没有向外的了——二减一，等于一。宋元明清诸儒学案便只有向内没有向外。宋理学家愈多，对辽、金愈没有办法，明亦然。只有向内没有向外是可怕的，而现在连向内也没有了——一减一等于零了。

……

现在是只会贪赃而不会办事——向内向外都没有。

对于当时完全腐败了的官场，先生完全失望了，于是在讲授儒家经典之际，顺便给予一个沉重的打击。

羡季先生学识渊博，最具通识，课堂艺术更是有口皆碑。他的经验至今值得总结和学习。

第二辑

文心深处

会心感发派讲诗的又一硕果

——读周汝昌先生《千秋一寸心》

常常有青年朋友对我说，词比诗更难懂：诗的内容比较具体，不懂的地方看看注释，弄清楚诗外的背景和诗里的典故，就可以知道一个大概了；而词往往没有什么特别的背景，有时也不用什么典故，每个字都认识，每句词也能看明白，而加在一起就不懂了，难得欣赏，一些很有名的作品也不知道它有什么妙处。

这种情形我年轻的时候也曾经有过，其实读词难，读诗亦复不易。许多诗也并没有什么特别的背景，不用什么典故，而确实好，很值得欣赏体会，有时也会觉得不容易讲出一个所以然来。幸而学生时代经过名师的讲授、点拨、熏陶，得到了一点门径；后来加上多年来自己在生活和读书（特别是有关诗词赏析的名著）的过程中慢慢领悟体会，总算可以读读诗词了；但就是到现在，也不敢说已经得道。所以在课堂上或有青年来质疑请益之时，我除了略为给他们讲一讲之外，总是推荐他们看几本好书，例如本师吴小如先生讲诗词的几本书（其中出版最晚也最容易入手的是《古典诗词札丛》，天津古籍出版社 2002 年版），顾随先生（字羡季，1897—1960）的《驼庵诗话》《东坡词说》

《稼轩词说》等；后来又推荐过叶嘉莹女士的多种讲演录。现在，很有必要再加上"解味道人"周汝昌先生的《千秋一寸心》（中华书局2006年版），这本副题为《周汝昌讲唐诗宋词》的大著兼及唐宋诗词，而以词为主；讲法则一以贯之，都是着眼于领悟原作的情感，强调读者与作者在心灵层次上的交流和契合——这约略近于叶嘉莹女士反复强调过的所谓"感发"。周、叶都是顾随先生早年的高足，南岳下之马祖。（顾随1946年7月13日致叶嘉莹信中有云："不佞之望于足下者，在于不佞法外，别有开发，能自建树，成为南岳下之马祖；而不愿足下成为孔门之曾参也。"）读诗，特别是抒情诗宜用他们一再强调的此法，词更是彻底抒情的，会心解味尤为一大法门。

读诗词与学科学、学理论不同，这里最重要的不是知性层面的"懂"或曰"掌握"，而是感性层面上的"悟"和"感发"。具体的历史文化知识和逻辑推理在这里当然也能派上一点用场，但更重要的是体会作者的用心，同作者一起去感受生活，去心潮起伏。周汝昌先生说得好：

以我之诗心，鉴照古人之诗心；又以你之诗心，鉴照我之诗心。三心映鉴，真情斯见。虽隔千秋，欣如晤面。

诗者（通称诗人）的心，讲者的心，读者的心，此"三心"的交感互通，构成了中华诗道的"千秋一寸心"。

《千秋一寸心》的全书都按这个路子来进行，读来令人精神为之一振，与古代的诗人词客走在一起了。

书中胜义如云，无从一一列举。姑以几首写元宵节的词为例来看——

灯火钱塘三五夜。明月如霜，照见人如画。帐底吹笙香吐麝，更无一点尘随马。　　寂寞山城人老也。击鼓吹箫，却入农桑社。火冷灯稀霜露下，昏昏雪意云垂野。

——苏轼《蝶恋花·密州上元》

风销绛腊，露浥红莲，花市光相射。桂华流瓦。纤云散，耿耿素娥欲下。衣裳淡雅。看楚女，纤腰一把。箫鼓喧，人影参差，满路飘香麝。　　因念都城放夜。望千门如昼，嬉笑游冶。钿车罗帕。相逢处，自有暗尘随马。年光是也。唯只见、旧情衰谢。清漏移，飞盖归来，从舞休歌罢。

——周邦彦《解语花·上元》

东风夜放花千树。更吹落，星如雨。宝马雕车香满路。凤箫声动，玉壶光转，一夜鱼龙舞。　　蛾儿雪柳黄金缕，笑语盈盈暗香去。众里寻他千百度，蓦然回首，那人却在，灯火阑珊处。

——辛弃疾《青玉案·元夕》

宋代的元宵灯会是一场全民的狂欢节，青年男女全都走上街头，在人流中享受生活，结交朋友；但各地的方式和气派很不同，首都和大城市热闹非凡，小县城则土里土气，又是一番情调了。游人的感慨当然也很不同。周汝昌先生解说这三首词道，苏词写今昔对比，密州（今山东诸城）是个北方小县城，而先前任职的钱塘（今浙江杭州）则是南方大都市，密州的灯节简陋之至，"不过击一鼓，吹一箫而已，视灯火钱塘，夜同此夜，节同此节，而光景天壤矣。东坡之不能忘情于繁华，惆怅于寂寞，于此尽见"，"一个山城，地异矣；一个人老，时异

073

矣；一个寂寞，情异矣"。① 看来苏轼也并不全然是豁达豪放的，他的感触同普通人一样，甚至更加强烈。周词也是回忆与当下的对照，但重点不在地点之异，而集中于情之异：当年在首都于此盛会，"马逐香车，人拾罗帕，即是当时男女略无结识机会下而表示倾慕之唯一方式，唯一时机"；而现在虽然盛会依旧，自己却"旧情衰谢"，因而有无限感慨，无限怀思，"盖吾心所索者，只在旧情，若歌若舞，皆与我何干哉！"由此可知词人乃一个多情种子，此篇"全是情深意笃，一片痴心，亦即诗心之所在"②。辛词则全写当下，这里也有对比，是热闹景象与"灯火阑珊"的对比，因为抒情主人公"众里寻他"的"那人"在此。周先生写道："这发现那人的一瞬间，是人生的精神的凝结和升华，是悲喜莫名的感激铭篆。那一瞬是万古千秋永恒的。词人却如此本领，竟把它变成了笔痕墨影，永志弗灭！读到末幅煞拍，才恍然彻悟：那上片的灯、月、烟火、笙笛、社舞交织成的元夕欢腾，那下片的惹人眼花缭乱的一队队的丽人群女，原来都只为那一个意中之人而设，而写，倘无此人在，那一切又有何意义与趣味呢！"③

古代优秀诗人的感情都如此家常而恳挚，读这样的作品，何等亲切，也可以提升我们自己，进一步培养正常而崇高的感情。

周先生的赏析文字也是充满感情的，这里决无高头讲章的腐气，也没有任何鉴赏八股。所以我很高兴地向青年朋友们推荐。

如果说此书还有什么不满足的话，那就是这里用了一种半文半白的文字。尽管我读起来很觉亲切有味，但青年人未必喜欢。用纯粹的白话文其实也可以说得很清楚，而且有味道，为什么一定要这样

---

① 周汝昌：《千秋一寸心：周汝昌讲唐诗宋词》，北京：中华书局2006年版，第51页。
② 周汝昌：《千秋一寸心：周汝昌讲唐诗宋词》，北京：中华书局2006年版，第33页。
③ 周汝昌：《千秋一寸心：周汝昌讲唐诗宋词》，北京：中华书局2006年版，第35页。

"古色古香"呢？这很可能会妨碍以您之诗心鉴照我之诗心，影响读者跟着来"解味"啊。

顾随、叶嘉莹、周汝昌诸先生构成诗词赏析中的一大派。顾随先生说："我们读古人诗，体会古人诗，与之混融是谓之'会'，会心之会。"（《驼庵诗话·总论之部（三）》）；叶嘉莹女士称颂其师说："先生平生最大的成就，实在还不在其各方面之著述，而更在其对古典诗词之教学讲授……纯以感发为主，全任神行，一空依傍。"（《纪念我的老师清河顾随羡季先生》）。他们师徒三人讲诗词的路径风格颇有一致之处，或可称为会心感发派；这一派与微言大义派（古已有之，远如毛诗的传笺，晚近如清人陈沆的《诗比兴笺》均为代表；于今仍盛，却不容易举出一个合适的代表来）、诗史互证派（可以陈寅恪先生的《元白诗笺证稿》为代表）、横通中外派（可以钱锺书先生的《宋诗选注》为代表）并驾齐驱，各擅胜场；而综合各派，特别是前三派之长的吴小如先生则自成一派，吴师一向讲一条原则、四点规矩："一曰通训诂，二曰明典故，三曰察背景，四曰考身世。最后归结到揆情度理这一总的原则，由它来统摄以上四点。"（《我是怎样讲析古典诗词的》）这样各个方面都兼顾到了。吴先生所著之《诗词札丛》《莎斋笔记》《古典诗词札丛》我读得最早最熟，所以我往往优先向青年朋友介绍。我自己在研读普及读物《千家诗注评》① 和注评本《高适岑参集》② 以及单篇的说诗随笔时，也采用揆情度理的总原则，博观约取，别出手眼，放手评诗，只是恐怕不免有些野狐禅的意思，今后还要向各派先达更多地请教。

----

① （清）王相选编，顾农注评：《千家诗注评》，南京：凤凰出版社2006年版。
② 顾农、童李君选编：《高适岑参集》，南京：凤凰出版社2009年版。

"哀妇人而为之代言"

——舒芜先生论女性问题的三本书

舒芜先生著作等身，涉及的方面甚广，而广博之中自有其内在的联系，一个明显的中心就是女性问题，他至少有三本书是研究这一问题的，这就是《红楼说梦》《女性的发现》和《哀妇人》。

《红楼说梦》（人民文学出版社 2004 年版）一书原名《说梦录》（上海古籍出版社 1982 年版），曾经收入《舒芜集》（河北人民出版社 2001 年版）第六卷。但前者离今已远，后者印数无多，都不大容易找到；新出的《红楼说梦》可以让更多的读者了解舒芜先生关于《红楼梦》的研究以及由此书引发关于女性诸问题的一家之言。

《红楼梦》研究包容甚广，作者的家世、生平、遗物以及作品的版本流传、影射什么等固然是研究的大热点，而作品的思想和艺术，尤为一般读者关心。舒芜对《红楼梦》的研究专从大众关心的地方入手，单刀直入地分析和鉴赏文本，这实际上正是文学研究的坦途。作者直言不讳地说："'红学'我可是一窍不通。风筝、书箱、题壁、画像、砚台、笔架、扇面、恭王府、白家疃、曹雪芹的祖宗、李煦的亲戚、甲戌本、庚辰本、壬午除夕、癸未除夕……所有这些，我都是一点也不摸门呀","我们外行人，只好说些外行话"。这既是作者的谦虚，却也正是他自尊、自信的地方，所以此书全然避开"红外"，而只就《红》(《红楼梦》)内作思想和艺术的分析——红学家肯这么干的好像不多。

舒芜先生对《红》(《红楼梦》)内的分析大有曲径通幽之妙。《红楼梦》到底写的是什么？作者发挥鲁迅先生的意见，提出一系列从文本中提炼而来的见解，其中尤其关注女性问题，有所发挥，引人深思。如关于宝玉的出家，书中有这样两段剖析：

曹雪芹对于他笔下的悲剧性的青年女性，无论着墨多少，都是一笔不苟地写出了她作为"人"的价值……而高踞价值顶峰的，自然首先是林黛玉。从贾宝玉看来，这一切有价值的人都毁灭了，特别是代表人间最高价值的林黛玉都毁灭了，这样的世界自然也就毫无价值了。只有这样来理解，才懂得他为什么终于走上了决绝的"却尘缘"的道路。①

但是，她（按，指黛玉）毕竟存在过，她们（按，指宝玉所敬所爱的少女们）毕竟存在过，所以他对她们的爱并没有毁灭。从某种意义上说，活着出家，而不自杀，正是因为这个世界已经毁灭了他的所爱，所以只有逃出这世界去坚持他的爱。这也就是所谓"虽我之罪固不能免，然闺阁中历历有人，万不可因我之不肖，自护己短，一并使其泯灭也"。曹雪芹既然要写《红楼梦》，贾宝玉也就必然要逃向自己的"却尘缘"的道路，不会逃向潘又安的路、少年维特的

---

① 舒芜：《红楼说梦》，北京：人民文学出版社 2004 年版，第 19 页。

路。简单地说，贾宝玉并没有真正地"却尘缘"，倒是带着他最不能割舍的全部"尘缘"逃走的。①

此皆所谓见道之言。女性的毁灭必然导致有觉悟的男性失去生之乐趣，而相继走向毁灭，但他总会千方百计地来回味和保存曾经有过的美。中国人一般来说不大喜欢自杀，他可以玩世，可以归隐，可以佯狂，可以高歌；而宝玉是一个全新的典型，他要走出体制之外，不仅是政治和社会的体制，而且是两性关系的体制。

当然，世界已经没有多少意思，而带着不能割舍的全部"尘缘"逃离体制是非常痛苦的；从当代的情况看，更多的一种状态是藏身于人海红尘之中慢慢消化自己的"尘缘"，凑合着过吧，这无非是把痛苦拉长并予以淡化。总之可以走的路很多，而不必自杀。

本书不仅有许多令人深思的有关女性问题的思考，而且有许多精彩的文献学、社会学分析。如书末的一篇论文《〈红楼梦〉的姜媵制度》，就结合小说的文本把封建时代的那一套男女极不平等的礼法制度深入浅出地讲得非常清晰透彻，给予读者特别是青年读者以很多闻所未闻的古老知识。

舒芜先生是研究女性问题的著名专家，有人以为是知堂（周作人）以后的第二人。他编录的《女性的发现——知堂妇女论类抄》②产生过很大的影响，书前有长篇导言，对周作人的研究、女性问题的研究都曾给予过明显的推动作用；另一本比较新的书《哀妇人》③则是他本人的一家之言，尤为引人注目。

---

① 舒芜：《红楼说梦》，北京：人民文学出版社 2004 年版，第 32 页。
② 舒芜：《女性的发现——知堂妇女论类抄》，北京：文化艺术出版社 1990 年版。
③ 舒芜：《哀妇人》，合肥：安徽教育出版社 2004 年版。

《红楼梦》是以"哀妇人"特别是哀少女为其中心的，周作人是大谈女性问题的先驱，这两者与《哀妇人》之间有着密切的联系。一个明显的证据是：《哀妇人》分四个部分，其第四部分为"不是为女性问题而写但与此有关的文章"，凡两篇，一篇是《岳麓书社"古典名著普及文库"版〈红楼梦〉·前言》，另一篇就是列于《红楼说梦》一书之末的那篇论文《〈红楼梦〉的妾媵制度》。由此可知《红楼梦》研究与女性问题研究的交会。

《哀妇人》书前有年轻的博士生周筱赟君的长篇导言，其中写道：

在舒芜先生看来，整部中国历史，"曹雪芹就是最伟大的'哀妇人而为之代言者'"，《红楼梦》具有"妇女问题思想史上最独特最伟大最无可代替的作用"。曹雪芹之前，女性只是男性淫虐的性对象，差别只在淫虐的方式不同而已，而在曹雪芹的笔下，在贾宝玉眼里，大观园内所有的女子，"不仅仅是美丽，不仅仅是聪明，而且首先是有思想有感情有意志的、'行止见识'不凡的、有独立人格的人"。

这是很好的概括和介绍。研究女性问题的学者不可以不关注《红楼梦》，同时也不可以不注意曹雪芹的理想主义倾向。

列于《哀妇人》一书之首的则是《女性的发现》一书的导言《知堂妇女论略说》——由此颇可考见，女性问题实在是舒芜先生学术研究和杂文写作的一大中心；曹雪芹也好，周作人也好，都与此中心密切相关。夫子之道一以贯之，这里的"一"无非就是"五四"以来关于人性解放、自由平等的精神。

回归"五四"，以女性问题的研究为着力点——这也许就是舒芜先生最近三十年来工作的基本面貌。

舒芜先生曾自述："我念念不忘的总是'女性的苦难'。在我的电脑里面，专门设立了这么一栏。"他又说：

我自己知道从来没有研究过任何女权主义理论，至今只有一个简单的信念："哀妇人而为之代言"。这么老掉牙的话，恐怕一切女权主义（或女性主义）理论家特别是女理论家都会嗤之以鼻，可是我自己仍然很珍惜，因为我只有这个信念，老耄之年，学别的又来不及了。我总觉得，男性怎样从骨子里轻蔑女性，女性是不大容易深知尽知的……身为男子，对于这方面的了解，就比女性有相当的优势。在这个意义上，"哀妇人而为之代言"，就不是什么过渡权宜之计，而恐怕是永远不可少的。（《哀妇人·哀妇人——病后小札一》）

对于女性这样被侮辱与损害的命运，难道不应该"哀"么？……男性生来处于强势地位，这不是他们的过错，不能说他们对处于弱势地位的女性的可"哀"命运，就没有权利致其一"哀"。他们既有权利"哀"她们，他们为她们而发的言，自然是也只能是"代言"。"代言"有隔膜处，也有独胜处……（《哀妇人·女难——病后小札二》）

舒芜先生在这里把他的思路说得很清楚了。唯其如此，两位"哀妇人而为之代言"的先驱——曹雪芹与周作人会那样强烈地引起他的关注与重视，激发起他高昂的研究热情，令其分别写出专著，就是顺理成章的事情了。当下女性的生存状态忧患不少，这正是一种强大的现实推动力。

　　总之，把舒芜先生各方面的文章整合起来思考，"哀妇人而为之代言"是值得关心的事情。事实上这样的代言人并不多，而且"妇人"（这个词给人的感觉不太舒服，最好改用"女性"二字）们自己的声音好像比较微弱。在这样的情况下，出来一些男性学者加入女性问题的研究队伍是有益的，因为正如舒芜先生所说，男性来"代言"虽然有隔膜处，却也不无独胜处，可以充当战略伙伴或者说同路人。

书话的四大话题

——《书边梦忆》读后感

以某一本书为写作对象的文章，比较常见的大约有四种：一是关于该书的专门研究，其性质属于学术论文，如写一篇《〈野草〉研究》或《〈日出〉新论》之类。二是读书记或曰读书随笔，可以是考证、鉴赏或借题发挥的议论等，篇幅比论文短，也用不着峨冠博带端起功架，只是一种小品——这样的文章，周作人写得最多，《夜读抄》《书房一角》等是其专门成集者。三是书评。四是书话。书话的内容和写法五花八门，很难描述，它同论文、书评的差别一目了然，可以不必多说；与读书记则容易混淆，有必要加以分疏。

从近日拜读的姜德明先生的书话自选集《书边梦忆》①一书看去，书话的话题大约包括这四个方面：

一是关于某书某刊本身的介绍、叙述和议论，这书刊一般来说大抵是比较罕见的。《书边梦忆》中谈起的书籍如《北京厂甸春节会调查与研究》《京师地名对》《剑腥录》《清宫词》《三海秘录》等，刊

---

① 姜德明：《书边梦忆》，北京：中华书局 2009 年版。

物如《新文》《文学时代》《文学集刊》《见闻》之类，都是不易见的。如果是常见的书刊，大家都见识过，那就难以写成书话了。书话所谈之书大抵以近现代以来的著作为多，也可以是更古老的线装书，姜先生所谈的书也有线装的，而黄裳先生的书话更是大谈明清古籍。姜、黄二公都是著名藏书家，他们收藏的重点不同，写起书话来，话题自然也就区以别矣。曾经有人认为只有谈近现代之书者才能称为书话，我很不赞成，古今中外之书皆可谈，只要有可谈之资质就行。如谈洋文的珍本善本，要的本钱更多，不免比较难一点了。

读书随笔则可以就通行之本、易得之书来写文章。我历来不淘旧书，不事收藏，几架图书大抵是教学科研所必备及常用者，此外则靠图书馆。所以非常喜欢读人家写的书话而自己很少写——非不为也，是不能也，本钱不足之故也；于是只能写点读书随笔、书评和论文了。

书话的话题之二是讲自己得书的经过，特别是其中有些故事者，如花很少的钱买到某一宝贝书之类。这是淘旧书者永恒的话题，买新书则没有多少便宜可捡。《书边梦忆》第一辑中有好几篇讲姜德明先生在琉璃厂淘书的，第三辑则写到如何在中国上海、香港、日本、美国买旧书，都很有趣味，而且令人不胜仰慕。读这些篇什，可以聊作过屠门之大嚼，在纸面上过把瘾。

话题之三是由书而引起的人物记，本书讲起鲁迅、王孝慈、周作人、巴金、阿英、唐弢、赵家璧、孙犁、黄裳、李一氓、邓云乡、路工、叶灵凤等人以及若干书友，无不与书有关。

话题之四是由书引起的其他问题，如购书账、签名本、毛边本，访书、卖书、烧书等，只要同书有关，无不可谈。病人喜欢对人谈他的病，书生特别是藏书家自然就来大谈他的书。

　　至于书话的写法，我想那应当是很自由的。先前唐弢先生提出过"四个一点"（一点事实、一点掌故、一点观点、一点抒情），曾被一些专家视为写书话的不二法门；"四点式"当然很好，"三点、五点"也未尝不可。只是绝对要排除八股气、讲稿气、专家气。书话作者一般来说须是杂家。姜先生的文章一向娓娓而谈，从容不迫，清淡高雅，既无架子和火气，也没有迎合读者的卖弄，全是亲切的谈话——此其所以为书话之上品与典范之作也。

　　姜德明先生是著名的大藏书家，也是当今屈指可数的重量级大书话家之一，《书边梦忆》是他最新出版的一本书话集，拿这本书为基准来谈谈书话的基本路径应当是合适的吧。

读《马山集》臆说（二题）

　　疳翁（即聂绀弩，1903—1986）之自选诗集《马山集》的手稿本，在文坛已被谈论了很久，因为无从看到本来面目，遂多推测之词。令人十分振奋的是，此一稿本现已正式影印问世①，研读起来非常方便了。

　　《马山集》收诗三十九首，加上序言中的一首共四十首，数量正与历史上著名的志明和尚《牛山四十屁》相同。绀弩之"马山"正从志明"牛山"而来②。志明牛山诗现在可以看到约三十首（详见清朝人石成金《传家宝全集》第四集所载之删节本）；《马山集》的四十首则完整无缺，但其中含蓄晦涩、有待阐述发覆之处却不在少数。兹先录出二首，皆为《三草》（1981年）与《散宜生诗》（1982年，增订注释本1985年）所不载，略述所见，请同好者指教。

---

　　①　载于陈博州编：《聂绀弩马山集手稿研究》，北京：社会科学文献出版社2010年版。
　　②　参见拙文《从"牛山体"到〈马山集〉》，刊于2006年10月8日《文汇报》副刊《笔会》。

某事既竟投夏公

手提肝胆验阴晴，坐到三更又四更。

天狗吐吞惟日月，鲲鱼去住总沧溟。

谁知两语三言事，竟是千秋万岁名。

失马塞翁今得马，不谈马齿更人情。

此诗在《马山集》手稿中列为第三首（以序诗为第一首），当作于 20 世纪 60 年代初，早则 1961 年秋冬，晚则 1962 年初。《马山集》手稿写成于 1962 年 3 月。最后一句原作"偶谈马齿亦人情"，后来绀弩自己点去两个字，改作"不谈马齿更人情"——前后意思似乎变化很大，不过他诗中反语很多，所以也可以说是差不多：诗人基本不谈但也会偶尔谈起自己的年龄，不无迟暮之感。到 1962 年，按传统的算法，痀翁已到花甲，这个年龄在人的一生中具有分界碑的意义，此后便是"晚年"了。

1955 年，聂绀弩被卷入胡风集团一案，被撤去原职，已经很受伤；到 1957 年更被打成右派，发配到北大荒去劳动改造，吃了许多苦头；20 世纪 60 年代初得以摘下右派帽子，回到北京，于是有这样一首诗赠给文化界领导人之一的夏衍——他们相熟已久，关系一向比较好。

既然是刚刚"某事既竟"，诗中很自然地谈到"某事"，也就是自己莫名其妙地被打成右派一事。绀弩一向率性直言（所谓"手提肝胆"），不免与所处的环境不合，遂多起落荣枯（"验阴晴"）；此时更一肚皮不合时宜的牢骚，他的一大本领是往往能将大量的桀骜不平之气化作几句笑谈——这里他说自己先前就写了那么三言两语，不料竟意外地成就了"千秋万岁"之名。绀弩在"大鸣大放"中并没有乱说什么话，只不过帮他的夫人周颖女士修改过一份发言稿，加了几句其实并没有出格的话，而稍后被追查出来，竟落入恢恢天网。颈联的这两句，其实也道出了当年一批右派分子的共同命运：只因为说了几句老实话就被戴上帽子，打入另册，从此落难。"竟是千秋万岁名"固然可以说是一种黑色幽默，而换一个角度看也是深刻的预言：右派这一名目，后来被载入史册，成为新中国历史上一段弯路的集体人证，留下了重大的教训。

"失马塞翁今得马"活用典故，既指自己忽然被戴上帽子和忽然被摘下帽子，而同时也是说，这些究竟是祸是福，全都难说得很。此真旷达而且见道之言，但诗人仍然夜不能寐。

后来"文化大革命"中诗人被打成"现行反革命"，判处无期徒刑，投入临汾监狱，到1976年9月才以一个奇怪的理由被释放。绀弩在1979年元旦致舒芜的信中说过："我认我所经历为罪有应得，平反为非分。"① 那时"文革"的余威尚在。失马得马，全然前途未卜。最后当然是重新改判为无罪，彻底平反了。早在60年代初，诗人痛感盛年已过，许多事来不及做了，更何况又过去了十多年呢！

一代精英的大好年华在反复运动折腾中被断送殆尽，这样的历史教训，永远都不宜忘记。

冬末

冬末春初春梦婆，秋色秋心忆秋波。

小诗败绪逋逃薮，竖子英雄曳落河。

天有头乎秦宓舌，日之夕矣鲁阳戈。

自磨酽酽三升墨，泼向蛮笺当擘窠。

---

① 舒芜：《串味读书》，沈阳：辽宁教育出版社1995年版，第243页。

此诗在《马山集》手稿中列为第十五首，当作于1961年末。诗的中心在于表明自己近来写诗练字无非宣泄感情，寻找心灵的"逋逃薮"。春梦秋心，百无聊赖，以琐耗奇，打发时光而已；糟糕的是，这样的局面看不到尽头。

《三国志·蜀书·秦宓传》记载蜀国的才学之士秦宓与孙吴来聘的使者张温有如下的对话：

温问曰："君学乎？"宓曰："五尺童子皆学，何必小人！"温复问曰："天有头乎？"宓曰："有之。"温曰："在何方也？"宓曰："在西方。《诗》曰：'乃眷西顾'，以此推之，头在西方。"……答问如响，应声而出，于是温大敬服。宓之文辩，皆此类也。

此为诗中"秦宓舌"之出处，借这首诗，诗人的意思主要是说，自己被安置在政协文史资料委员会并干不了什么事，这样的日子什么时候是个尽头？

但是尽管如此，诗人还是很爱惜时间，希望白天更长一些，当"日之夕矣"之时要像传说中的鲁阳那样挥戈退日（典出《淮南子·览冥训》）——现在自己正在磨墨，准备写大字呢。英雄无用武之地，只好这样寓奇于琐，虽然很不甘心，但又有什么办法呢？

日月无情，时光流逝，想做的事不能做更做不成，只好不得已而求其次，这从来都是有志之士内心深处的大苦闷。

诗的第四句用阮籍说过的"时无英雄，使竖子成名"（《晋书·阮籍传》），流露了诗人的牢骚和桀骜不驯之态；"曳落河"是唐朝时候的契丹语，意思是壮士、健儿（《新唐书·安禄山传》载安禄山在准备谋反的前夜"养同罗、降奚、契丹曳落河八千人为假子"；又

《新唐书·房琯传》也提到安禄山手下的这些"曳落河")。用这三个字固然是为了押韵,同时也足以与英雄一词并列;言外之意说:竖子现在成了英雄,则壮士就难免要被投闲置散了。绀弩运典多方,遣词不避奇特险怪而能平仄协调、押韵稳妥,令读者一则以惊,一则以喜,这正是聂诗能够自成流派的原因之一。

旧戏文章"自由读"

黄裳先生的《旧戏新谈》初版于 1948 年 8 月，由开明书店印行。六十年前的旧书颇不易得，今所拜读者为北京出版社 2003 年 1 月的翻印本，列为"大家小书"第二辑之一；同原版相比，多出黄宗江的新序一篇。

黄裳的书很少请别人写序，都是自己动手；但《旧戏新谈》则为另类，不仅新版有铁杆哥们、老同学、老朋友黄宗江的新序，原版中已有三序一跋，分别出于徐铸成、吴晗、章靳以、唐弢之手，阵容之豪华，几乎无以复加。作者在《后记》中谦虚道："因为这本小书本身的寒伧，所以请几位师友给写序题属。"这话说得好波俏。终于前呼后拥，隆重推出。连新带旧五篇序跋都很有水平，唐弢中关于黄裳散文的一些断语，至今还被不少人作为权威的意见加以引用；而黄宗江新序亦多见道之言，例如这样一段：

此书论戏，论人，论史，论政，每有种种不同的新见。读者无须苟同，亦无须苟异；尤其是月旦人物之笔，求同存异可也。需知作者当日是"自由撰稿人",自有其自由,更有其不自由。读者会把这些文字看做自由谈,乃可做自由读。天下大手笔多在最不自由处作出最自由文章,从雪芹天书到鲁迅地文。

　　这一席话实在潇洒通达。"自由读"的提法极好,《旧戏新谈》固然要如此读去,黄裳的其他散文最好也这样去读。

　　黄裳当时眼睛看着舞台之上,心里想的是当下的现实,借题发挥,议论风生,极为读者爱重。旧戏舞台上取材于《西游记》的剧目甚多,本书中有论及《金钱豹》的一则,全文大半评说该戏和俞派(菊笙)的演出,而结末云:

　　从小读《西游》,后来又历观西游戏,发现一点,妖怪多是多极了,后来也大半被收伏,收伏以后的处置法就很不同。像太上老君的青牛,普贤真人的白象大抵都曾兴妖作怪,也只有请了本主来才能收伏,收伏后也并不治罪,只由主人申斥一声"孽畜",仍旧骑了回去完事。如果没有好主人的,孙悟空的金箍棒才可以发挥效能。

　　神仙也是讲求人情关系的。

　　多少年来,我们也看了不少这种活剧,妖怪作祟,社会哗然,大加检举,然而只要是"太上老君"或"观音"的坐骑,后来大抵无事,只有小妖颇有不少牺牲于金箍棒下。仙凡路近,今古匪遥,因思看戏固亦非一定是"无益"的事也。①

　　这实在是深刻的观察和发挥,足以加深人们对旧社会的认识。用这样的手法写杂文,颇近于诗歌里的"比兴",言近而意远,指小而

————

　　① 黄裳:《旧戏新谈》,北京:北京出版社2003年版,第97页。

旨大，读起来特别有味道。先前会稽周氏兄弟已经用因小见大、声东
击西的办法写出了许多名篇，但二周都不喜欢京剧，甚少从这里取
材，于是专家级戏迷黄裳遂以另辟蹊径，批量生产，自擅胜场。

《旧戏新谈》分作五辑，其中第四辑的首篇《饯梅兰芳》，多年
后忽然引起一场风波，作者与柯灵先生有过一场笔战，围着看热闹的
人不少，在下也在其内。两位老先生作自由谈，我们自然也就作自由
读。陈年旧事，种种过节，谈完也就拉倒。不过黄裳先生是认真的，
《饯梅兰芳》一文以及五十年后的相关笔战文章，先后被他收进了好
几个集子，直到最新面世的《嗲馀集》（花城出版社 2008 年版），颇
有希望让更多的读者知道之意。高寿而不减锐气，这是很难得的。

读这些六十多年前的文章，大部分自然不会没有事过境迁之感；
历史不可能停留在某处不动，然而也有似乎不变的东西在。作者曾经
感叹那时的"捧角家"有云：

> 女戏子要出嫁，他们关心；出嫁了离婚，他们发头条，真是莫名
> 其妙的家伙。①

此风本不可长，而迄今未见衰歇，甚至与时俱进更为来劲了。小
报上几乎每天都有演艺界名流结婚、离婚、绯闻、走光之类的花边新
闻，以为是什么了不起的大事，非让读者知道不可。就是关于作家，
包括像黄裳这样已经过了米寿的老前辈，也总有些人不去细读他们的
大著而专门关心其逸事，如念念不忘地喜欢谈什么"痴婆子""甜姐
儿"一类的旧闻故事。凡此种种茶余酒后谈谈倒也无妨，在学术会
议上也拿出来研讨，在报刊上大谈特谈，是不是亦可以稍息矣。

---

① 黄裳：《旧戏新谈》，北京：北京出版社 2003 年版，第 14 页。

三读黄裳

黄裳先生是当今仍然非常活跃的老一辈藏书家、散文家，著作等身，影响很大。为了庆祝他老爷子米寿，2006 年 6 月华东师范大学中国现代文学资料与研究中心举办了"黄裳散文与中国文化"学术研讨会，事后又将会上的发言和论文以及在此前后见诸报刊的有关文章编为一集①，该书可以说是第一本黄裳研究资料汇编。同类的文章，报刊上好像还有不少，且所见颇有异同，将来也许会再出新的研究资料汇编吧，那就更加热闹了。

在下还不能说是"黄迷"，他的大著是喜欢读的，凡入手者都曾一一认真读过，随手写过一点笔记，无非是些零星的记载、心得和感触罢了。

《黄裳自述》

《黄裳自述》（大象出版社 2002 年版）为李辉主编的"大象人物自述文丛"之一。

---

① 陈子善：《爱黄裳》，上海：上海书店出版社 2008 年版。

　　人们吃过鸡蛋以后并不去关心下这个蛋的母鸡；而读过令人印象深刻的作品以后，却多半希望了解其作者，这就是物质产品与精神产品的一大不同。孟子早就说过："颂（诵）其诗，读其书，不知其人可乎？是以论其世也，是尚友也。"（《孟子·万章下》）现代人大约比较少有高攀作者欲结为友的意思，想知道其人其事无非是希望能够更深入地理解他的作品，所以作家传记历来多有读者。"自述文丛"也因此大行其道，最了解该作家的还是他自己，有些事情如果他自己不讲，那就谁也不大清楚。

　　黄裳先生行将百岁，是当下健在的最老一辈名家之一，而且还不断推出新作，同若干伏枥的老骥相比，明显高出一头，他的经历自然为读者高度关注。由于到目前为止还看不到别人为他写的传（很应当有人动手！），如此则《黄裳自述》一书就太重要了。

　　这本书同"大象人物自述文丛"中各书一样，并不是传主的专门之作，而是从他过去的文章中摘取有关部分编排起来的，所以各个时段的详略往往很不均衡，也难免会有空档；但总归有一个大体，据此可以编出一份作者本人具体经历和精神发展的简谱来。我因为先前陆续读过黄老不少文章，所以对他的生平经历已经知道一个大概；而读过这本自述以后，知道得就更多、更全一些，从而对他的文章也就有了更深的理解。

　　黄老是著名藏书家，藏品在"文革"中的七十年代初期被全部抄没。1980年所写的《书祭》一文中回首往事道："人们花了一个整天又一个上午，总算把我全部印有黑字的本本全部运走了。"[①] 当时还由奉命前来的顾廷龙（起潜）等专家编过一份目录。后来的情

----

　　① 黄裳：《黄裳自述》，郑州：大象出版社2002年版，第195页。

形是：

　　直到一九八七年（按，当是一九七八年）的年末，我才又去拜访了顾起潜先生，从他那里得到的消息是令人鼓舞的。他告诉我，我的藏书中间的线装书部分，都很好地保存在图书馆里，没有什么散失。同时因得到他的照顾，有些残破的书册还修补装订过，只要等政策确定，发布，立即就可以发还。

　　此外，我还在另外的地方看到顾先生手制的我的藏书中间属于"二类书"的一份详目，并奉命照抄了三份。我还好奇地打听过，怎样的书才算"一类"呢？回答是并没有。我想，那大约是指宋版元抄之类的国宝吧。

　　我的几本破书够不上"国宝"的资格自然用不着多说，但对我却是珍贵的。因为它们被辛苦地买来，读过，记下札记，写成文字，形成了研究构思的脉络。总之，是今后工作的重要依据。没有了它，就只能束手叹气，什么事都干不成。①

　　由此我们可以理解，为什么作者写过那么多古籍的题跋，也可以明白他那本《清代版刻一隅》（齐鲁书社 1992 年版）一书的书影里，何以既有黄裳本人的藏书印，又有上海图书馆的藏书印，以及书的主人在序言中叹为"有如林教头脸上的金印，拂拭不去"！

　　失去的东西是特别可贵的。当作者复出，可以自由写作以后，首先发表的一批文章以及后来发表的大量文章中，有那么多是同他本人所藏之明清刻本古籍相关的篇什，就是理所当然、势所必至的事了。

---

　　①　黄裳：《黄裳自述》，郑州：大象出版社 2002 年版，第 197 页。

一位作家的写作路径，同他的经历永远有着极其密切的关系，所以非知人论世不可。文学研究中的传记研究法自有其顽强的生命力，尽管新派批评家很看不起这一方法，认为只是很不行的"外部研究"；殊不知舍外则无内，只读原文文本而不管其他，未免太可惜了。

《黄裳自述》图文并茂，印订甚佳，只是偶有误排和别种差错。如上文所抄的一段弄错了年代，1980年写的文章怎么会提到1987年的事情？而且到七年后被查没的书已经发还了若干，作者虽仍然有气可叹，但已经不复完全"束手"什么事都干不成了——事实上20世纪80年代上中叶是他写作的高峰期，许多精品出现于此时。

又如本书中影印了一份张奚若的来信，而说明文字道是"冰心手迹"（第165页）；有一幅照片是传主与两位友人的合影，说明文字道是"1990年与朱正（右一）等友人"（第220页），将其左一的姚以恩先生放在"等"字里，恐怕不够妥当。诸如此类，不必一一罗列，虽属枝节，总是遗憾。此书再印时，建议彻底检查一遍，加以订补。

《黄裳序跋》

《黄裳序跋》，古吴轩出版社2004年7月版。

黄裳先生著作甚多，序、跋也就不少。有些大著读者或一时尚未读到，先看一点序、跋也是好的。这也是一种很好的软性广告。

凡是书的序、跋，最容易提到作者本人的经历和感慨，历来是重要的传记资料。《黄裳自述》中收入序、跋七则，已足透此中消息。本书录入序、跋凡三十则，虽然尚非此类文章的全部，已足慰读者饥渴。

本书中多有图版，有些是各书初版的封面，与序、跋对照着读，颇可增加兴味。另外还有不少作者的照片和有关的名家手迹，看看也很有兴趣，可惜比较杂乱一点，印得也不算很清楚，是一遗憾。对此作者本人是不大满意的，后来曾坦率地批评说：

前些时我印过一本《黄裳序跋》，编者自行删去了几篇较长的考订文字，腾出篇幅填上大量图片，相关和不相干的，打扮得花枝招展，就像大观园里的刘姥姥，经鸳鸯、凤姐打扮，插了满头花朵一样。刘姥姥心里明白这是捉弄她，但只能强颜欢笑地凑趣，共同演出这场闹剧，其处境、心情是可以理解，并予以同情的。我不是刘姥姥，只得坦率地说出我被打扮后的不舒服来。这是我与图文书的第一场失败了的遭遇战。（《二十年后再说"珠还"——写在新版〈珠还记幸〉重印之前》，《珠还记幸（修订本）》卷首，三联书店 2006 年 4 月版）

黄老作为口味考究的藏书家，非常看重版刻之美，他的不满是可以理解，并予以同情的。图文书要想出得好，固然首先要精心编排，合理布局，同时也得纸墨精良，不惜工本——如此则投入必然增加，书价也必高，而这样一来又难免会影响销路。一般的出版社底气本来就不大足，最怕的一件事则是赔本，实处于两难之境，这也是需要予以体谅和同情的。

无论是作者还是出版社，出图文书一定要谨慎从事，不要把好事给做砸了。

《梦雨斋读书记》

《梦雨斋读书记》，岳麓书社 2005 年 3 月版。

这里收入了黄裳先生的一部分古籍题跋。作者是国内少有的大藏书家，藏品以明清之际的历史文献文学作品以及清人诗文集为大宗。

他的习惯是为所得之书写多少不等的题跋，除简要记录版本情况之外，多记得书过程，抒情议论的成分比较多，走的是清人黄丕烈（荛圃，1763—1825）的路子，而又颇有变化，成为一种新型的"黄跋"。在《关于题跋》一文中，黄老介绍自己的做法和见解道：

> 多年来养成的习惯，每逢买到一本新书（不论是新刊还是旧印），总要在书前书后写一点什么，至少也要在卷尾写下得书的年月。其中少成片段的就成了"书跋"。
> ……
> 藏书题跋是散文而不是学术论文，这是我的偏见。当然，专讲版本源流，版刻优劣的如陈仲鱼的《经籍题跋》之类，我也是佩服的，但总不是爱读物。如黄荛圃的藏书题跋，那才是理想的爱书人的恩物。这是随时可以浏览的散文……

陈鳣（仲鱼，1753—1817）的《经籍跋文》写得太严肃了，可读性不免比较差，黄荛圃的《士礼居藏书题跋记》则活泼灵动得多；黄裳先生本人更是自觉地把题跋当散文来写，当然其中也不乏学术内容，于是成为他大写文化散文（或者称为学者散文）的前期准备。

黄先生的书在"文革"全部被抄没，于是他就根据存稿，手写到一种红格旧笺上。后来被抄走的书发还了一些，得以过录下来的题跋就更多，《梦雨斋读书记》正是其中的一部分。

正因为黄先生不仅当初有一个各处奔走、辛苦搜求书籍的过程，后来还有一个全军覆没、失而复得的特别经历，感慨自然更多，试看下列二例：

其一，关于秋浦周氏珂罗版影印本《唐女郎鱼玄机诗》，先有

1951 年得书之初的一段跋语:"今冬宝礼堂藏书归公,自海道运归,入京之先,徐伯郊氏招余往观,匆匆得见宋本三十许种,皆精绝。此册亦在,已裱成册页矣。云烟过眼,未能忘情。乃今日无意中获此影本,抚印精绝,与原迹不累毫黍,观之忘倦。漫书卷尾。辛卯岁暮,黄裳。"到 1983 年,又有一跋云:"此为建德周氏所制。此笺犹是尧翁原棣拓出,余得之周今觉家散出群书中。后沦盗手十年,昨忽归来,展卷惊喜,恍如梦寐。叔弢先生近以所印《屈原赋注》见赐,此册恐自庄严堪中亦无之矣。是可珍重,不徒以故剑之情,依依不忍去也。癸亥冬至前日。""沦盗手"即指被抄没之事。

其二,1980 年为《金陵卧游六十咏》作跋语云:"顾起元有《客座赘语》,记金陵故事甚悉。余有原刻,仅存四卷,《嫩真草堂随笔》诸集皆未见,藏家亦少著录之者。余去岁重游白下,撰游记十篇,忆有此书,以尚沦盗窟,无从取观,怅叹无已。近始获归,亟阅一过。起元为万历中人,所记较余淡心父子更早,可见金陵旧事,暇当补入一二事也。庚申芒种后一日书,距收得已三十年矣。黄裳。""尚沦盗窟"亦指被抄没而未发还。"盗窟"一词是鲁迅曾经用过的,见于 1924 年《俟堂专文杂集》的题记,自为黄裳先生所熟知。

自己的藏书及其题跋,同黄先生撰写、修订有关文章的关系非常密切,从这里也可以看得非常清楚。如果说在游记文里古籍中的材料还只是某种生发点染之资的话,那么在专谈古书的文章里,先前的题跋就是极其重要的出发点或主干了。也举两个例子来看。其一,黄老 1952 年购得晚明怀宁阮大铖(集之,1587—1646)的诗三集八种,在第二年的一则跋语中写道:"十年来余数过金陵,深喜其地方风土,曾撰为杂记如干篇,于晚明史事尤喜言之。曾于暇日经行凤凰台畔,故家园囿,鲜有存者。乃忽于委巷中得阮怀宁故居,今名库司坊，当日之裤子裆也……大铖诸集刊于崇祯季年，板存金陵，未几国变，兵燹之余，流传遂罕。况其人列名党籍，久为清流所不齿。南明倾覆，更卖身投敌，死于岭峤，家有其集必拉杂摧烧之而后始快也。念当无由更得之矣。乃忽于书友郭石麒许见此，为南陵徐氏遗书，欣喜逾望。"稍后又有跋尾多条，从不同的侧面谈阮大铖其人其书，对于没有能够买到或借抄阮胡子的《和箫集》颇为耿耿。这些题跋内容非常丰富，可惜在《读书记》书中排列有些杂乱，最好统一按时间先后来安排。

《阮怀宁集》"文革"中自然在抄没之列，发还之后，黄裳先生1980年新写一跋云：

此《和箫集》今在天一阁。先是余曾商阁中主事者，请为议购，允以阁书十种赠之。后"文化大革命"起，其人乃密告余刻意求奸臣著作，并藏阁书甚富，遂遭抄没，群书尽失。此阮三集，近始还来，睹之兴慨，遂更跋焉。庚申五月廿八日，黄裳书。

原来黄裳先生藏书之被抄没，竟与他搜求阮大铖的诗集有绝大的关系。我以前曾经想，黄先生的书不在"文革"之初"破四旧"时被抄，却在数年后被一网打尽，颇不合当时的一般情形，读此跋文可以得到一些解释，尽管其中仍多待发之覆。

这三集八种阮大铖的诗回归之后，黄先生很快写出了文章，这就是发表在《读书》1981年第6期上的《咏怀堂诗》，后收入《银鱼集》（三联书店1985年版），又编入《黄裳书话》（北京出版社1996年版）和《黄裳文集·榆下卷》（上海书店出版社1998年版），是黄先生的名篇之一，也是新中国成立后第一篇谈阮大铖的诗的重要文献。

在黄先生的藏书中，明末大文学家张岱（宗子，1597—1684）《琅嬛文集》诗歌部分的稿本（旧藏杭州八千卷楼）是价值最高的珍品之一，1951 年初得时为之狂喜，写有题跋，略云："余旧好宗子文，然所获无佳本。今春偶得《史阙》稿本，又得康熙凤嬉堂刊本《西湖梦寻》，王见大刊巾箱本《梦忆》，今更得此，是所藏可谓富矣。"这是他极其得意之事。到 1964 年、1968 年又分别写有长跋，对藏本作了考证和说明。1964 年的跋后来以"关于张宗子"为题发表。而 1951 年写的跋、1968 年写的跋再加上 1981 年新写的文章合为一篇，则以"张岱《琅嬛文集》跋"为题发表，二文均收进了《银鱼集》。1968 年跋推测这部手稿流传的端绪道：

右凡五卷，自古乐府诗至五言律，通得诗三百又五章，宗子手稿本也……疑非全书，归八千卷楼时，即已如此。丁氏亦未甚重之……光绪中《琅嬛文集》曾有刻本，有文无诗，只古乐府曾刊入之，所据当是别一钞本。丁氏书光绪中由端午桥购归江南图书馆，由杭州载之江宁，入龙蟠里。名重重器俱无恙，惟词曲类及其他零星小册，颇有流失。当是端方幕府中人，择取精本，据为己有；或端午桥以之赠当国大老，皆不可知。此种书余得经眼或入藏者，凡六七种。

《张岱《琅嬛文集》跋》一文采用旧时题跋加新近文章合为一则的办法，这同《咏怀堂诗》根据旧跋新写文章的路径有所不同。采用旧跋加新文之法的还有关于《六朝文絜》《蒹葭楼诗》《太和正音谱》等诸篇，均载于《春夜随笔》（成都出版社 1994 年版，又安徽教育出版社 2006 年版）一书，《翠墨集》（三联书店 1985 年版，又安徽教育出版社 2006 年版）中亦有若干。从这一类文章中最容易看出黄先生锲而不舍、与时俱进的特点。

作者多年买书、藏书、读书，反复加以研究，下过深刻的工夫，文坛旧事，烂熟于胸，最后才写那么一篇随笔。从《琅嬛文集》手稿入藏，到《张岱〈琅嬛文集〉跋》发表，前后凡三十年。真积力久，自然厚重深刻，且能"化堆垛为烟云"（钱锺书先生评语）。现在有人为了写所谓"文化散文"，临时搬弄，东拼西凑，难怪易出硬伤；或虽无明显的伤痕，而词气浮露，行文寒酸，堆垛功夫尚且不足，烟云灵动之势更是无从谈起，同样显得没有多少文化。黄裳散文之可贵，正由此种比较中得到说明。

岂但此类散文小品质量有上下之别，论文亦复如此。纯正笃实的学者往往多年沉潜玩味，多有心得新见，然后才略略发而为札记或文章；然亦有一题入手，火线查书，南抄北攒，迅速成篇者——从网上下载尤为便捷。指标催逼，人心浮躁，急于求成，以便填表，如此则垃圾论文数量高速增长，正是难免的事情。

黄式书话最好看

近得黄裳先生的新书毛边本《书之归去来》（中华书局 2008 年版），虽然内容大抵是有所了解的——除了书末的那篇写于 2007 年的《忆旧不难》以外，先前的几乎全部文章在下都曾经陆续读过，不过新书入手以后还是很高兴地边裁边读，又一次得到许多愉悦。书品高雅，内容也高雅，实在令人爱不释手。黄先生的书话，一向是我最为佩服而且爱读的。

记得前几年曾有人撰写长篇宏论，系统总结一个世纪以来书话发展演变的全过程，材料丰富，气吞全牛，读了大受教益。但也读出了几个疑点，其一是该文认为书话的正宗是关于现代文学诸书之话；其二是唐弢先生提出的"四个一点"（一点事实、一点掌故、一点观点、一点抒情）被视为写书话的不二法门。当时我想，唐式书话当然极好，我很爱读，它的影响大约也最大；但书话里谈谈古书又有何不可，未必便是邪宗，唐先生本人也谈过古书；"四个一点"固然很好，多一点少一点又有什么关系。书话内容应无禁区，写法尤其可以非常自由，不必画地为牢，如果变成一篇八股或四股，则不作可也。

当时斗胆写过一则小文，与宏论的作者抬杠，其卒彰显志的一句话是："书话恐怕是无所谓'正宗'或邪宗的。"

黄裳先生的书话往往大谈古书，他本是著名的古书收藏家。据他自己说："我开始买书时，本来是以搜求'五四'以来新文学书为目标的，不过后来不知怎样一来，兴趣转向线装旧书方面去了。旧有的一些新文学书的'善本'也陆续送给了与我有同好的朋友。"① 所以他的书话也就以大谈线装书为特色，考证和议论均大有味道。这样的书话家并不多，因而显得特别可贵。现在不是有一股"国学热"吗，不读线装书还谈什么国学？

当然，黄老不是那种只知古而不知今的冬烘先生，他与诸多新文学家关系很深，本书中就谈起巴金、萧珊、叶圣陶、俞平伯、沈从文、钱锺书、郑振铎、师陀、风子（唐弢）、郭沫若、朱自清、茅盾、冰心、阿英、冯至、废名、李广田、周作人等，尽管所谈的未必全是他们的新文学创作。一个大家总是涉猎甚广，不限于一隅的。

黄老不仅怀人谈书的文章写得好，论辩也是好手，本书中有他同柯灵、张中行、葛剑雄诸先生反复较量的几篇短文，虽然因为不曾拜读过其对手的文章，其中的往返曲直不大弄得清楚，但这里文章写得高妙，意见也大有道理，清清楚楚。

不过黄老最好的文章还是那些谈线装书的名篇，能够这样来谈的，现在恐怕没有几个人，自能传世而不朽。其实就是"黄裳"这个笔名也大有古典气息，曾经有人说著名学者型作家容鼎昌先生早年因仰慕淑女黄宗英小姐的风采，遂以"黄裳"为笔名，大有陶渊明"愿在裳而为带"（《闲情赋》）之意云云；这恐怕是事出有因而未必有实据的。（按，"黄裳"典出《周易》，坤卦之"六五"云："黄

---

① 黄裳：《书的故事》《书之归去来》，北京：中华书局2008年版，第4页。

裳，元吉。"黄色在古代算最高级的、吉祥的颜色，所以这里以"黄裳"为大吉大利的象征。正因为"黄裳"是吉祥之兆，而坤乃臣道，所以后来往往以"黄裳"指位极人臣者，也可以指太子——总之是一人之下，其余一切人之上的大人物）

　　唯其如此，当容鼎昌先生建议老同学黄宗江以"黄裳"为下海之艺名时，黄宗江以其过于辉煌而不敢用。他本人姓黄，便有顾忌。那个时代知识精英对于古代的东西都比较了解。容鼎昌先生本不姓黄，他以"黄裳"为笔名不怎么辉煌触目，或者还有些别的什么考虑，遂将本为别人所取之名自己拿来使用。用之既久，名气极大，他的原名反而不甚为人所知了。

李泽厚的散文

　　新近面世的李泽厚、刘绪源二先生的对谈录《该中国哲学登场了?》(上海译文出版社 2011 年版)一书,字数只有十万,含金量却很高,足以引发读者超越琐细的具体问题而从哲学的高度展开思考;可惜我不懂哲学,只关心文学,喜欢读点散文,而拜读此书仍有收获。刘先生说:"大散文从什么时候开始的? 不是从余秋雨开始的,是从《美的历程》开始的。这个真的是大散文,它有观点,有创意,但又是文学性的文本,可以作为散文来读……一般读者也能够读。"(第 43 页)李先生那本《美的历程》由文物出版社初出时(1981 年3 月),我就买了一本来读,至今仍放在书架上最方便拿到的地方。整整三十年了,此书的魅力如故,读者众多,这样的著作是不多的。过于专业而又非文学性的文本,读者总不免要少得多。

　　散文如果按其作者来分可以说有三种:作家散文、学者散文、其他散文,我最喜欢读中间这一种。李泽厚先生的著作,除了《美的历程》可以作为大散文来读以外,他也有短短的散文,数量好像不多,我只在《走自己的路——李泽厚十年集》(安徽文艺出版社 1994 年版)一书中看到过不多的几篇,全都相当可读。不过这些篇章未免为他显赫的学者名声所掩，似乎没有引起过太多的注意。

　　这也可以理解，各种有利于促销、有利于争夺受众眼球的事情，李先生都不屑为之；应当承认炒作还是大有作用的，不然怎么会天天看见有不少人在炒，但真正的好文章，从来就不靠宣传。

　　譬如《南海两记》，一记五公祠，一记猴岛与石山，叙事皆灿然可观，而且其中蕴含着深长隽永的思想文化意味。五公祠所纪念的李德裕、李纲、赵鼎、胡铨、李光等五人都曾经贬谪至海南岛，他们在那里并没有建立多少功业，也没有留下多少显赫的文字，却仍然极为海南人民所崇敬。这个看上去有点奇怪的现象，过去简直没有引起太多的注意，更不必说作出深刻的解释了。李先生用几句话就说得非常透彻："巨大的时空阻隔倒突出了这些伦理敬意所显现的文化统一性，遥远的海南岛原来与中原的命运息息相关，而真实的历史正义总存留在人们心底。"用这样的眼光来看名胜古迹，较之流连光景者大不相同；这样深刻的观察，同一味在翰藻上流光溢彩相比，不知道高明到哪里去了。此外如《故园小忆》《地坛》《悼宗白华先生》《黄昏散记》诸篇，虽然题材各异、写法不同，但都蕴含着深刻的思考和领悟（此其所以为"学者散文"也），十分耐读，发人深思。

　　这些篇章跟中国古代许多散文佳作一样，篇幅不长，文字洒脱，不多修饰，余味曲包。我以为此乃中国散文之正宗。如果不带专著的性质，散文一般来说不宜过长。曾经有一种不成文的观念，以为散文要有文化气就非长不可，事实上也曾经有越来越长之势。其实，散文不是电视连续剧，如果下笔不能自休，想在一篇小文章中就说尽一个什么大道理、大感慨，固然有点像是博大精深，甚至也能文采斐然，但其可读性恐怕就可疑，特别是在当今这个大家都很忙的时代；如果再带伤（特别是所谓"硬伤"）出场，那就更加惨不忍睹。例证是大家都熟悉的，这里也就不必去谈它了。

《林辰文集》：鲁迅研究史上的丰碑

在鲁迅研究领域，林辰先生（原名王诗农，1912—2003）是贡献最大的专家之一，而他自己的著作并不算多，过去人们比较熟知的只有《鲁迅事迹考》（开明书店 1948 年版）和《鲁迅述林》（人民文学出版社 1986 年版）两本，他那部未写完的《鲁迅传》虽然很早就发表过若干片段，但成书已在身后。另外许多集外的单篇文章则始终没有成书。老一辈专家往往知多而言少，而且不急于出书，这同当今若干新锐专家知少而言多，早早地就"著作等身"完全大异其趣。

最近四卷本《林辰文集》（王世家编校，山东教育出版社 2010 年版）悄然面世，实为鲁迅研究界的一件盛事。人们从这里可以集中地看到林先生至少四个方面的贡献：开鲁迅史料考证学之先河，奠定了这一分支学科的坚实基础；为十卷本和十六卷本《鲁迅全集》的编注出版付出了许多辛劳，融入了大量未署名的个人研究的成果；率先从事鲁迅整理古籍之研究，并完成了四卷本《鲁迅辑录古籍丛编》；很早就写出了一份颇有乾嘉学派余风同时也很有可读性的《鲁迅传》，可惜未能写完。

　　林辰先生的鲁迅研究工作是从考证鲁迅生平著述之史料开始的，从 20 世纪 40 年代初开始，一直坚持到晚年，其全部成果和部分书信现在都编进了这部《林辰文集》。

　　鲁迅研究的方面很广，路径也有汉、宋之分。宋学一派致力于"接着讲"，以鲁迅著作为思想资料和出发点，重点关注鲁迅在当下的意义；而汉学一派讲究的是"照着讲"，强调首先要弄清楚鲁迅生平思想和作品的本来面貌，反对游谈无根、随意发挥。这两种路径各有所长，难分伯仲，但有一点很容易明白：实事求是的资料工作是真正的学术研究的基础，如果这个基础不牢靠，则一切高谈阔论不免皆如沙上建塔，随时有可能歪斜或倒塌。

　　林辰先生的考证文章涉及若干重大问题，如《鲁迅事迹考》一书中的《鲁迅曾入光复会之考证》《鲁迅的婚姻生活》《鲁迅讲演系年》等；也有看似较小而其实也大有关系者，如《论〈红星佚史〉非鲁迅所译》，《红星佚史》译本署会稽周逴译述，而鲁迅的小说《怀旧》亦署名"周逴"，所以曾经有人提出《红星佚史》当为鲁迅集外佚文（1938 年版二十卷本《鲁迅全集》亦收译文）。林辰先生的看法不同，他敏锐地指出，此书是从英文原本翻译过来的，而鲁迅英文水平不高，从来不通过英文从事翻译，而且该译本序言中的意见与鲁迅留日时期的有关言论亦颇有差异；后又查明周作人本人曾明确地说过他最初翻译的小说乃《红星佚史》，由此可以确认这部小说并非鲁迅所译。林文最后说："这不仅仅是一本译书的问题；倘不辨正而相信那序文真是鲁迅的意见，则鲁迅早期的思想发展的路线是会被混淆的。"（《文集》第一册，第 97 页）

　　林辰先生总是把自己对鲁迅的崇敬之情化为冷静研究的动力，落实到客观细密的考证辨析当中去，并且一直坚持到底。在《鲁迅述林》和《跋涉集》两书中收录了许多这样的文章，如 1941 年的《鲁迅研究订误》、1953 年的《鲁迅与注音符号的制定工作》、1961 年的《鲁迅与南社》、1985 年的《"苏曼殊是鲁迅的朋友"补说》、1989 年的《〈游仙窟〉的归来与流布》等，又有涉及鲁迅外围的《评新编两种苏曼殊诗集》《关于〈何典〉作者的一点资料》等。谢绝空谈，挤干水分，完全凭材料和分析说话，大有乾嘉诸老治学的风范。

为了彻底弄清楚鲁迅的生平和著作，林辰先生广泛搜集书刊报纸上的材料，拥有丰富的藏书，其中鲁迅、周作人著作的初版本就多得惊人，此外则多为围绕鲁迅这一中心的各种史料，内多珍本和罕见之书，另有大量的杂志。这些书刊对他的研究帮助很大。林辰先生去世后，根据他的遗嘱，全部藏书都捐赠给了北京鲁迅博物馆。

林辰先生早就强烈地指出，为鲁迅的全部著作提供翔实可靠的注释是一件非常重要的工作，应当出版带有注释的新版全集。新中国成立之初，根据国家出版总署的指示，冯雪峰在上海设立鲁迅著作编刊社，组织精干的班子，着手开始这一工作，邀请林辰先生参加，他立刻辞去西南师范学院中文系教授、系主任的职务，投入鲁迅著作的注释编辑出版工作中，一直干到退休，此后仍继续发挥余热，有所贡献。在长达半个世纪的编辑生涯中，最重要的事情自然是参加了1956—1958 年间出版的十卷本《鲁迅全集》和 1981 年出版的十六卷本《鲁迅全集》的编注出版工作。连续参加过两版全集之事并亲自在第一线奋斗的专家，只有他老先生一位。

在十卷本《鲁迅全集》的编注工作中，林辰先生负责《故事新编》《华盖集续编》《而已集》《准风月谈》《两地书》和一部分书信。该版全集出版后，林辰先生继续进行鲁迅辑录古籍的整理和出版，这实际上是全集出版工作的延伸——先前 1938 年版二十卷本

《鲁迅全集》是兼收鲁迅的全部译著和古籍整理成果的；而十卷本全集的体例是只收他本人的著作，另出十卷本《鲁迅译文集》和三卷本《鲁迅辑录古籍汇编》。《鲁迅译文集》很快就出版了，后者却因为种种原因拖延了多年，林辰先生这方面的工作因"社教"和"文革"而中断，多年后才重拾坠绪，终于完成。

　　到准备十六卷本全集时，林辰先生参与总的领导工作和最后定稿。他重新校阅、修订了《故事新编》的注释，又以极多的精力参与讨论和改定了包括全集第一至六卷以及《中国小说史略》《汉文学史纲要》《古籍序跋集》等二十二种鲁迅著作的注释。这时他已年过花甲，"虽然年高体弱，他谢绝照顾，坚持整日上班，定稿讨论时，常常一边服药，一边出席会议，坚持参加全部讨论。常常为了注释条目的简洁、准确，在充分占有翔实可靠第一手原始材料的基础上，他往往绞尽脑汁，思考再三，字斟句酌，反复推敲，直至修改到满意时为止"。①

　　这两版《鲁迅全集》的注释，都吸收了林辰先生先前大量的研究成果，至于在修改、讨论、定稿时的种种见解和贡献，则大抵未尝在他本人的著作中表现出来，而完全融入集体的成果当中去了。把自己像一滴水那样放到大海里去，自然也就不会干涸，而这一滴水到底在哪里并不重要，也无从寻觅了。林辰先生在纪念英年早逝的鲁迅研究专家包子衍的文章中写道："《鲁迅全集》从十卷本到十六卷本，注者和编者都未署名。除工资以外，他们也没有拿过注释的稿费。古来注者皆寂寞，除了寥寥数人以外，大都声名不彰，坎坷一世。子衍

① 张小鼎：《林辰生平事略》，《林辰纪念集》，北京：人民文学出版社 2004 年版，第 11 页。

又怎样摆脱寂寞的命运？但他绝不介怀，不求名，不谋利，只为了推广鲁迅著作，传播鲁迅精神，无私地奉献了自己的后半生。"① 这一段话用在林辰先生本人身上，尤为合适。"古来注者皆寂寞"而又"绝不介怀"，这是何等的胸襟！

在鲁迅研究的诸多分支中，鲁迅整理研究古籍是一个比较冷僻的领域。1938 年二十卷本《鲁迅全集》中收录了五部鲁迅整理的古籍，关注的人一向很少，而林辰先生却很早就致力于这一方面的研究，从《古小说钩沉》入手，写出了一系列重要论文。1972 年 10 月林辰先生从干校回到人民文学出版社鲁迅编辑室以后，继续从事鲁迅整理研究古籍这一课题，当时人民文学出版社决定在已有清样的三卷本《鲁迅辑录古籍汇编》的基础上，再作一番加工，正式出版《鲁迅辑录古籍丛编》。林辰先生全力投入这一工作，在北京图书馆、鲁迅博物馆深挖细找有关资料，发现了多份鲁迅整理古籍的手稿；20 世纪 80 年代初林辰先生一连发表了好几篇关于鲁迅整理古籍的文章，涉及《会稽郡故书杂集》《文士传》《众家文章记录》，谢沈的《后汉书》及虞预的《晋书》等，除《会稽郡故书杂集》一种曾被收入二十卷本《鲁迅全集》之外，其余几种都是人们前所未闻的。此后又经过多年艰苦卓绝的努力，增添了丰富的新内容的四卷本《鲁迅辑录古籍丛编》终于完成，1999 年 7 月得以出版。这部《鲁迅辑录古籍丛编》编排恰当、校勘精审、标点准确，既能帮助读者通读这些古籍，又尽量保持了鲁迅辑录古籍的原貌，是迄今为止最好的读本。

林辰先生为鲁迅立传开始得很早，早在 1944 年就曾经发表过一

---

① 林辰：《跋涉集·包子衍与〈鲁迅日记〉》，《林辰文集》（第三册），济南：山东教育出版社 2010 年版，第 287 页。

些片段，到 1949 年已完成八章，并在成都《民讯》月刊（林如稷主编）连载，因该刊停刊，只发表了第一、二两章和第三章的前半部分。可惜后来没有再写下去，手稿也不太齐全了（第六章亡佚）。林辰先生去世后，由他生前的挚友王世家先生整理出版了《鲁迅传》（福建人民出版社 2004 年版），现收入《文集》第一册。这是一本质量很高、写法也很别致的鲁迅传。孙玉石先生在为此书写的序言《一部"颇尽了相当的心力"的鲁迅传记———读林辰先生的〈鲁迅传〉》中对此书作了很高评价："他的这部未完成的《鲁迅传》，考稽史实确凿，搜集资料翔实，多叙述而少议论，重理解而轻发挥，在简约拙朴的文字中，传达平实精到的思想，可以说是一部具有很强的科学性与很高的学术性的鲁迅传记。"这是很高也很准确的评价，我完全赞成这一意见。这部半个世纪以前的《鲁迅传》，写出了一个真实的鲁迅，写法毫无八股气，更没有任何故作艰深之处，是迄今为止最好的鲁迅传之一，理所当然地受到了读者热烈的欢迎。

鲁迅博物馆鲁迅研究室在《林辰纪念集》编后记中写道：

林辰乃一介寒士，终生以书为伴。久历苦难而心性淳美，且不染时风，真真是忠厚长者。先生治学，多史家风范，其书广征博引，不尚空言，得朴学之韵，煌煌然有乾嘉余绪。其著述以逻辑推理见长，思想内敛其中。精神朗健，独步学林。先生又系文史杂家，对宋明以降野史文献多有研究。思想多尊鲁迅，情调又在"五四"之间。故文章简约，意识时有锋芒。看似文史钩沉，掌故轶事，实则有大爱大恨。追忆先生，可叹可感者，非一本书能够穷尽的。

拿这一段话来概括《林辰文集》也是合适的。林辰先生一辈子为人低调，从不张扬，而水平极高，实为楷模。我本人同林辰先生未尝有过任何直接的联系，而他的著作和所编的书则是引导我业余走上鲁迅研究之路的重要因素。① 近日耽读《林辰文集》，重新学习，又得到许多教益，因作此小文，以示衷心景仰和深深的怀念。

---

① 详见顾农:《我怎么读起鲁迅来》,《南方都市报·阅读周刊》, 2007 年 9 月 2 日。

一部好玩的鬼学概论——《鬼话连篇》

扬州八怪中的大画家罗聘（号两峰，1733—1799）是一位多面手，山水、人物、花卉无不高妙，而他最喜欢画的却是鬼，其《鬼趣图》名声极大，清人笔记中颇多记载和评论，后来又有多种印本。鲁迅先生看到其中一种印本以后，评论道："清朝人的笔记里，常说罗两峰的《鬼趣图》，真写得鬼气拂拂；后来那图由文明书局印出来了，却不过一个奇瘦，一个矮胖，一个臃肿的模样，并不见得怎样的出奇，还不如只看笔记有趣。"（《南腔北调集·捣鬼心传》）世界上本没有鬼，但古人头脑里有鬼，古今语汇中也常常见鬼（如"有钱能使鬼推磨"这话现在还很时髦），而这鬼只宜通过口头或文字来谈谈，一旦用图形过于直观地把它落实下来，反容易吃力不讨好。古人说画鬼容易画犬马难，那是从写实的角度说的，鬼任你画成什么样子，均无从指正批评，而画犬马如果不像，那就通不过；但是从另一个角度说，鬼其实更不容易画，本属虚无的东西一旦化为具体的形象，"鬼气"就会受到严重的限制，不免要大打折扣了。鬼有鬼的气场，很不容易下笔的。

　　所以历来以画鬼著称的画家很少，而以谈鬼著称的作家则甚多。单以清朝来说，名家已经辈出，写《聊斋志异》的蒲松龄、《阅微草堂笔记》的纪昀、《子不语》的袁枚、《何典》的张南庄，堪称"四大金刚"。《何典》一书又名《十一才子鬼话连篇录》，先有上海申报馆光绪年间印本，将近半个世纪以后新出了刘半农先生的点校本，此后又出过多种本子，流传甚广。鲁迅先生很看好此书，肯定它"谈鬼物正像人间"，"便是信口开河的地方，也常能令人仿佛有会于心"（《集外集拾遗·〈何典〉题记》）。谈鬼的妙处本在于让人有会于心，可以忽远忽近地联想到人间，所以有不少人喜欢姑妄言之、姑妄听之，甚至还出现过《不怕鬼的故事》那样政治性很强、意义极重大的文本。即使是一味讲奇迹和迷信，虽然相对低级，但也可以借此窥见一时的社会心理和文化心理，亦非毫无意思的言说，顶多被彻底的无鬼论者斥为"鬼话"而已。《何典》一书有十卷十回之多，比起笔记里有关条目短短的文字，那当然可以说是"鬼话连篇"；这四个字在口语中原是常常会用到的，取为书名，实在现成而亲切。

　　最近得到程章灿先生的一本新著，书名径题为《鬼话连篇》（广西师范大学出版社 2011 年版），其中的文章，先前在《文史知识》杂志里断断续续读到过一些，很感兴趣，现在成批地隆重推出，尤为盛事，赶紧通读一遍，更觉大有收获。程先生之所谓"鬼话"，同通常的义项有所不同，指的是"关于鬼的谈论评说"。作者在代序中指出："古人很喜欢写笔记，几乎无话不可谈，谈论诗的叫做诗话，谈论词的叫做词话，谈论赋的叫做赋话，谈论文的叫做文话，谈论四六的叫做四六话……照这个体例，谈论鬼的随笔，应该叫做'鬼话'。"所以此书中的"鬼话"全是对于鬼的叙述和研究，计分为四大部分：鬼的形相、鬼的社会、鬼的文化、鬼的周边；每一部分再分若干小题目予以具体的展开，凡三十六篇。程先生的行文采用仍带学院派气息的随笔体，知识性很强，所以全书可以说是一部四章三十六节的"鬼学概论"。读完此书，对于鬼的方方面面，就能有相当全面的了解。该书的部分章节曾经在《文史知识》发表过，其学术价值和行文风格由此已不难推见。

所谓"仍带学院派气息"，指的是书中言必有据，头绪分明，既无戏说，也不多作发挥，偶有隐幽难明之处，毅然存疑，以俟后贤，这样的路子可以说是乾嘉汉学家式的。例如《鬼的生老病死》一节，即逐层加以论述，关于鬼的生病有云：

鬼虽然是已死去的人，却和活人一样，有时也要忍受病痛的折磨。《南史》卷三二《张邵传》、《湖海新志夷坚续志》后集卷二怪异门、《太平御览》卷七二二引《宋书》、《太平广记》卷二一八《徐文伯》引《谈薮》、《睽车志》以及张果《医说》等书，都记载了名医徐秋夫为一个名叫斛斯（一作斯僧平）的鬼治腰病的故事。斛斯得了腰疾，苦不堪言，央求徐氏为其诊治。然而鬼无形，不便着手，徐秋夫乃捆扎了一个草人，在相关部位针灸之后，迅速治好了鬼的腰痛，令鬼感激不已。这个故事似乎最早见于南朝梁吴均《续齐谐记》，后来代代相承，流传甚广，甚至被载入正史。清甘熙《白下琐言》中亦记有类似的针灸治鬼病的传闻。

文字虽通脱，资料却翔实，讲一个小问题而动用多种古籍，而且卷数和细目都标得一清二楚——这正是讲究持之有故的学院派作派。备八抬大轿伺候一个腰疼的小鬼，流露出作者的谨严学风和文献功夫，是大可钦佩的。

但是紧跟着又有一段，也是本节的最后一段——

有一件事让我至今纳闷：鬼的病是做人时就落下的，还是做鬼后染上的？但我可以肯定，鬼病还得人来治。

论文里是不兴这样立言的；而在随笔里则无论横着说竖着说，皆无不可，或纳闷或肯定，行所无事。这样来谈论鬼，自然令读者喜闻乐见，不仅获得知识，而且深感好玩。《耳径通幽》《鬼诗是怎样生成的》《墨西哥的鬼节》等篇，尤为新鲜有趣。论文往往无趣，硬型学院派论文尤其排斥趣味，论文就要讲道理，而道理往往是严肃的；其实讲道理而带点趣味性，又有何不可，只要不堕入恶趣便行。

程先生此书头头是道，雅趣纷呈，一旦开始来读，就舍不得放下；但偶尔似乎也还有值得商榷之处。谈鬼而质疑问难，似乎大煞风景，但这也不过是姑妄言之，又何伤乎。如本书中曾经提到"液体似乎对鬼有某种天然的威胁，从鼻涕到唾沫，都要避忌"。今按，唾沫之类固然是鬼害怕的东西，但似宜就事论事，不必扩大化为全部"液体"，事实上鬼对某些液体（如酒）就并不避忌，相反倒是很喜欢的。他们欣赏美酒，虽然不喝下去，却将香气统统吸走，让酒变成淡而无味的白水，这是本书中详细叙述过的。唾沫的情况则不同，向鬼吐唾沫确实有杀伤力，所以人们有时也会对别人吐唾沫，以表明对于对方的蔑视和痛恨。先前民俗学家江绍原先生讲过这个问题，多有见道之言，足供参考。又本书中说"狐鬼难分"，此说似亦不确，狐狸精是"精"，并不是鬼。人死后变成鬼，物修炼可成精，鬼有鬼相，精呈人形（但弄不好也会现出原形），实为两类，不宜混为一谈。我在这里吹毛求疵，盖亦学院派题中应有之义，想不见怪。

最后不妨顺便说说，先前钱锺书先生写过一篇短文，题目就叫
《鬼话连篇》①，他当然另有所指和寄托，也非常好玩。后来李金发先
生也曾经以此四字为题来讲鬼的故事。如此，则先已有张南庄及钱、
李二公都写过《鬼话连篇》，再拿这四个字做书名，似乎就值得认真
斟酌一下了。换个书名的办法其实也很现成：古今诗话的名目五花八
门，其中最朴实的往往就直书某人诗话，如有《蔡宽夫诗话》《莫砺
锋诗话》等，所以我很想建议作者在《鬼话连篇》再版时改题为
《程章灿鬼话》。受程书启发，我颇想写一组谈论古代各路妖魔精怪
的随笔（因为材料易得，尤其要大谈往往毛遂自荐或勇当"小三"
的狐狸精），总题目拟即作《顾农怪话》。这样的书名初看之下或者
可能有所误会，不去管它，看下去自然会明白，何况见怪不怪，亦是
读书人应具之修养。大而言之，一不怕鬼，二不怕怪，乃生活里很重
要的基本功，区区书名，又何足避忌哉。

---

① 钱锺书：《鬼话连篇》，《清华周刊》，1932 年第 38 卷第 6 期。

散文史也可以这样写

——读《中国散文五十年》

在诸多文学样式中，散文大约是最不容易研究的。散文的形式高度自由，几乎可以爱怎么写就怎么写，而其精神内涵也应当是无比自由的——要对这样的对象发表评说的意见或叙述其发展的历史，其难度即使难比上青天，总归也是很不容易的了。

即以散文史或史论而言，过去最容易看到的格局是先分时段再分流派和作家，按部就班地一一道来。如此则头绪大抵是清楚的，所论亦可自有其深度，但弄不好也很容易成为流水账、录鬼簿，在教学中也许还有若干用处，要想给人以启发，就比较困难了。

最近读到林贤治先生的大著《中国散文五十年》（漓江出版社2011年版），颇为兴奋。此书气象和章法都是全新的，而且锋芒毕露，时见警策，批评当代散文及有关作家不稍假借，读起来很过瘾。现在温温吞吞的书是太多了，有些甚至让人昏昏欲睡，简直没有多少兴趣和精神把它看完。

《中国散文五十年》一书除代序（《论散文精神》）和代跋（《散文与人类自由精神》）之外，正文的六章分别是：一为根；二为干；

三四五分别为枝叶上中下；六为其他。可见这是一株根系发达、树干挺拔、枝叶扶疏的"大树"，而其中心就是自由精神。作者在一头一尾中写道：

> 人类精神是独立而自由的。
> ……
> 散文是人类精神生命最直接的语言文字形式……失却精神，所谓散文，不过一堆文字瓦砾，或一个收拾干净的空房间而已。①

> 散文并非王国，乃颇类联邦共和国，在每一块疆土之上，弥漫着同一种共和的空气：人类自由精神。②

这一层意思在正文当中又不厌其烦地重复过许多次，当然是变换了词句，又另加许多舶来品的引文。作者的主题无非就是为自由精神大声疾呼，所以张中晓、邵燕祥、王小波诸家得到很高评价，这自然是很好的；而凡是同这种精神有所不合的散文作品，在本书中一律受到尖锐的批评。

这样的立意决定了本书的书写策略必然是以论带史，因此其中略去了许多难以或不便纳入这一框架的散文作家，例如写作过程几乎贯彻于这五十年始终的季羡林、黄裳、舒芜等前辈散文家在这里完全没有被提到，这样被遗忘的人物还有若干；大量的学者散文随笔也被过滤出去，据说"学者准学者的东西，一大特点就是拼命往博雅的路

---

① 林贤治：《中国散文五十年》，桂林：漓江出版社2011年版，第1~2页。
② 林贤治：《中国散文五十年》，桂林：漓江出版社2011年版，第138页。

上挤，因此，说到底还是'大众的戏子'"①。这样来横扫一切恐怕是有点过头了。实际上林先生这本书也是旁征博引（其中引用西方学者的各路高论甚多）、相当高雅的。本书封面勒口处的作者简介也说作者是"诗人，学者"——但难道能说他也是"大众的戏子"？作者是有思想、有见识的，即使时有偏至的言辞，也未竟会与戏子为伍。当然，任何文学史都不可能也没有必要罗列评说所有的作家，只是遗漏太多总归成一遗憾，至少也同书名不免小有出入了。

　　以论带史最容易高明有余，沉潜不足。幸而此书的精彩之处并没有受到多少影响。我读此书非常佩服其中犀利的批评，林先生不因为论及的对象是尊者、贤者而有所避忌，如其中断言"整个前三十年中，那些被称为'大家'或'大师'的，其实多是'世无英雄，遂使竖子成名'。大多公开出版的散文，很少脱掉'八股'的模式"②；又如书中批评孙犁说："他经历过自四十年代以来有人因写文章得咎的教训，本人也遭受过批判，所以愈到了后来，愈是'兢兢业业''谨小慎微''怕犯错误'。他写作时主动远离政治，远离重大事件，回到平凡安恬的乡村生活中去。这种选择同性情有关，同诚实的记忆有关，但同避祸求全的世故也未尝没有关系"，"在他的文字里，我们还会常常见到节制，淡泊，退让，保守，而不见热烈的抗争……晚年提倡阅读和写作古文，文字入于艰涩一途，思想大为锉减，简直是回到故纸堆里去了"③。这些批评固然并非无据，但是说整个三十年全是八股，孙犁因为未作"热烈的抗争"就是"世故"，恐怕不免是苛论。文学史上的名著从来都不全是也不会全是"热烈的抗争"，这才

---

① 林贤治：《中国散文五十年》，桂林：漓江出版社2011年版，第27页。
② 林贤治：《中国散文五十年》，桂林：漓江出版社2011年版，第10页。
③ 林贤治：《中国散文五十年》，桂林：漓江出版社2011年版，第36~37页。

成其为"联邦共和国",而非大一统的王国。在本书中没有受到过批评的鲁迅,作品的色彩其实很丰富,并不完全是抗争,鲁迅也自有他的世故,或曰"策略"。散文的天地非常广阔,作家应当有他创作的自由,也有选择生活方式、处世态度的自由。批评家、文学史家似无须越位而多加指责。

作者高举自由精神的旗帜来衡文论世,本来是很有意义的事情,但书中对于那些未尝高扬"自由"的散文往往批评得很严厉,像这样不容忍他者的做派,弄不好也许会变成一种"法家"气。散文的领域何妨更宽广些,品评何妨更大度些。

提倡自以为然的东西,固然是一种当然;而容忍不以为然的东西,别人才有自由。世界上有过以"礼教"为旗帜的专制,也有过打着"革命"大旗的专制,将来会不会出现另一种以"自由"为口号的精神上的专制呢?最好不要出现。

我在拜读《中国散文五十年》一书时虽然陆续冒出若干不免多疑的想法,但仍然觉得散文史也可以这样来写。独抒己见、旗帜鲜明总是好的,即使有些天马行空的高论也无妨,何况其中确实多有发人深思之处,这已经很尽了一位学者的责任。解放思想,自由抒写,有所倡导而又能欣赏异量之美,我想这大约才是繁荣创作、振兴散文的可行之道或光明大道。

诗人李圣和

扬州著名书画家印沧老人李圣和（本名李惠，以字行，1908—2001）也是一位功力很深的诗人。她出身于当地世家，与瘦西湖结数十年不解之缘，其最为人所知者，莫过于她所写的其父李鼎（字梅隐，号逸休，1866—1940）撰词的长联，至今仍挂在瘦西湖公园南大门的两侧——

天地本无私，春花秋月尽我留连，得闲便是主人，且莫问平泉草木；

湖山信多丽，杰阁幽亭凭谁点缀，到处别开生面，真不减清闷画图。

此联对仗工稳，立言超脱，并不死死抱着瘦西湖来说话，而又处处切合瘦西湖的实际，其中最佳处在"得闲便是主人"，此真所谓见道之言。人与自然互相映发，以人为本，从这个基点出发来欣赏平泉草木、杰阁幽亭才能得其真趣。

瘦西湖近年来面积扩大，景点增多，湖底又彻底疏浚过，锦绣河山，光景更新，进一步别开生面，但"得闲便是主人"仍为不刊之论，如果成天忙于计算投入产出，进了公园只忙于大拍照片，则虽然人在"清闷画图"之中，却未必能得其真赏。闲情闲趣，总要有那么一点才行。

这样一层意思，又见于李老为听鹂馆撰写的对联：

斗酒双柑，三月烟花来胜侣；

湖光山色，四时风物待游人。

这里抒写的仍然是以人为主、赏景而不为俗虑所困的意思。没有游人，则风物不无凄清孤苦，奇花也会痛感"寂寞开无主"的。

对联中的"斗酒双柑"是用了东晋、刘宋间著名艺术家戴颙（378—441）的典故，戴氏世居会稽剡县，后戴颙迁居吴中，宋衡阳王刘义季迎居于京口黄鹄山、招隐山（今江苏镇江南山）一带，他常常携双柑斗酒，外出听黄鹂声（镇江南山招隐寺有听鹂山房），并说"此俗耳针砭，诗肠鼓吹"（冯贽《云仙杂记》卷二）。瘦西湖中多有模仿外地景物之处，小金山是如此，听鹂馆也是如此，李老用戴颙的典故非常合适。

强调以人为本并不就是说人决定一切，景致如何完全不重要；恰恰相反，那是非常重要的，非美景不足以赏心悦目，启发幽思。李老又有《瘦西湖杂咏十首》，面对白塔、五亭桥、藕香桥等胜迹一一指点欣赏，浅斟低唱，相当动人，而仍然归结于以人为本，其首末二章云：

萦回映带短长桥，瘦到西湖韵自饶。
借问销魂谁得似，文君眉黛宓妃腰。

上巳清明三月天，踏青挑菜忆当年。
而今老去情怀减，独倚桥栏数画船。

诗人总是想到人，想到自己，"数画船"是一种很美的情怀，与"老骥伏枥"异构同质，都具有苍老深沉的人情之美，也是老而不衰的象征。我辈现在每当登山临水，虽然有时仍有奋勇争先、聊发少年狂之意，但更多的时候也不免要数数"画船"了。

李老还继承扬州文人的传统，写过不少竹枝词，多有警醒高妙之句，描摹世象，感慨颇深，读起来很有意思。其一云：

一曲新词哀怨多，手持话筒舞婆娑。
铜琶铁板关西汉，也唱缠绵子夜歌。

歌坛上是有这么一种软不拉叽的作风，李老似乎很不以为然。其二云：

沿街争设小排档，过路行人驻足尝。
正是华灯初上处，飘来十里酒肴香。

无一贬词，而对于占道经营李老不大欣赏。虽然华灯初上，却不见得就能算是光明、文明。其三、其四两首比较明快：

126

家家户户筑方城，老少同场乐趣盈。
不管三余与休息，打牌声代读书声。

早脱罗衫着靓装，烟笼雾裏玉肌凉。
慢夸长袖善歌舞，性感而今最擅长。

古之有志者利用"三余"刻苦读书（"冬者岁之余，夜者日之余，阴雨者时之余也"，见《三国志·魏书·王肃传》注引《魏略》），而今之扬州人却一味忙于打麻将，对比明显，触目惊心，令人想起鲁迅先生慨乎言之的"打牌声里又新春"。衣服越穿越露，"美丽冻人"，李老实在看不顺眼，她写诗一向用词典雅，这里用了一个时髦的"性感"，盖亦不得已也。

写扬州竹枝词的名流是清朝人董耻夫，其作品揶揄轻妙，谑而不虐，得到过很高的评价，顾于观评论说："此书为功扬州不少，斯正风雅劝惩之意，虽谓之温柔之教可也。"李老的竹枝词亦复婉而多讽，斐然成章，不仅合于扬州文学的优秀传统，对于今天精神文明、小康社会的建设，亦复大有教益。

李亚如印象

"三有斋主"

扬州当代书画家中给我印象最深的是李亚如先生。读他近年来的书画以及篆刻作品，真力弥漫，豪情洋溢，较之先前诸作，"霸气"更浓而略无苍老衰飒之意，颇不似出于一位古稀耆宿之手，更无从想象他已经抱病有年。深厚的艺术功力和顽强的拼搏精神使他永远年轻，永远虎虎有生气。

李先生的画室称为"三有斋"。我曾经请教他何谓"三有"，他说此指有容，有我，有法。所谓"有容"，指不抱门户之见，转益多师，博采众家之长为我所用，有容则能大。但学习古人及他人也不能完全跟着跑，要有自家的面目，要超越前人，所以要"有我"。而这个"有我"又不是如当今某些急功近利者那样师心自用，以险怪取胜，须有所遵循，苦下功夫，这就是所谓"有法"。三有皆备，书画或可臻化境。

艺术实践表明，"三有"确实是李先生成功的经验之谈。书法方面，他真草隶篆诸体兼善，隶书功力尤深，看得出曾受到《礼器碑》

《石门颂》的深厚滋养，草书中有着怀素的影子，篆书则似吴让之。但他又不专师一人一体，而能博采众长，神明变化，近年来尤喜作隶而用草书之法，草书中却又有隶篆之意。作品古朴而活泼，流畅而凝重，形成他个人特殊的风格，代表作如四屏条杜甫《梦李白》诗、《板桥论》，还有他为瘦西湖小金山所书之联"借取西湖一角堪夸其瘦，移来金山半点何惜乎小"等，当称为"亚如隶"，乃书坛珍品。

李先生的画路也极宽，山水、花鸟、人物无不擅长，而且小大由之，巨幅如早几年的《饮马长城窟》，又如近年的《八哥古柏》《鹰松图》，笔力雄健，气吞斗牛，令人眼界为之一宽，心胸为之一广；而又有尺幅小品，一鸡一虫，小花小草，无不生机盎然，秀媚欲绝，令人爱不释手。赏玩李先生的画，总令人想起扬州八怪，特别是李鳝，其中有着极鲜明的艺术个性，洋溢着所谓"霸气"。我曾问过李先生作画的秘诀，他笑而答曰：没有秘诀，画山水重在写生，都是真山真水，不是纸上得来的，写生画稿有一大堆。他又说你见过的几个大幅，都是生病的时候画的，纸铺在地下，人坐在一张折椅上，用竹竿绑着画笔画出来的。听了他的介绍我很吃惊，这种操作方式从来没有听说过。戴冰夫人看出我的惊疑，取出两枝这样的巨笔来给我看——竹竿约有一米多长，前端分别绑着一大一小的画笔——笑着说："这种怪笔很多，后来都卸下来了，我留下两枝不松绑做个纪念。"

李先生的书画近日正在瘦西湖听鹂馆展出，扬州人和来扬州的游客可以一饱眼福。但这些不过是李先生作品中很少的一部分，若干大幅的精品因为场地的关系无从展出。而且李先生的成就又何止于书画，他的篆刻（在《李亚如书法篆刻集》中有四十余方），他的诗（有《泡影集》，集外之诗尚多），他的小说（如《小虎》《考试》等），他的扬剧剧本（如《夺印》《桃花扇》等），他的论文（有关于美学的，关于扬州八怪的等）……无不达到相当高的水准，产生过深广的影响，为扬州的文化事业增添了光彩。

《泡影集》内外

日前于扫垢山庄向李亚如先生拜年，同时拜领见赐的书画，闲谈了一个上午。这一类闲谈本来总是无主题、无旋律的，但这一回谈着谈着却集中到诗这个题目上来了。

数年前李先生曾送给我一本他的《泡影集》，内收他从1935年到1988年五十多年间所作的旧体诗，薄薄一本，只有四十几页。据卷首的小序说，他写诗"随作随弃，所存者鲜，复经战争与'文革'浩劫，昔年所作，损失殆尽"，这里收的只是"选近期所存及往昔尚可记忆者"，所以仅得百余首。

这种情形，在诗人中并不罕见，浩劫中损失的东西太多了。我问李先生，近年来新作如何，是否仍然随作随弃？他说现在留存起来的比较多了，只是相当散乱，尚未及整理。又有随手题在画幅上的，画一出手，所题之句多半忘却了。戴冰夫人说："我倒是抄下了一些，不过也很乱。"我把她的抄本要出来看了一遍，多有佳作，如题《峡江图》云：

急流凌断岸，风卷浊浪狂。
空峡回轮笛，山昏暮霭苍。

又如题《画梅》：

石畔崖边两树梅，历经霜雪苦相催。
鸟声忽报春消息，烂漫繁花结伴开。

赋与比兴、各擅胜场，其中有感情，有阅历，有感慨，都远高于常见的那种敷衍应酬之作。

李先生论诗最重袁枚，讲究性灵，重视真情实感。他说："无感情即不成其为诗。我写诗不写政治口号，写口号不如听报告。不搞唱和，应景的诗也很少写。诗宜朴而不宜巧。总要有自己的东西。"

这实在是他的由衷之言，经验之谈。李先生之诗何尝不歌颂当今的好形势、新气象，但他总是化为自己的东西，《泡影集》中多有此类佳作，如《车过山东》诗序云："昔郑板桥在山东作题画诗云：'满目黄沙没奈何，山东只是吃馍馍。偶然画到江南竹，便忆春风燕笋多。'今年我车过山东，所见迥非板桥当日所写景象。"诗云：

> 山东虽是吃馍馍，不见黄沙满目多。
> 亦似江南栽燕竹，村前村后绿盈波。

岂但今昔对比十分分明，而且写得富于诗意，用于题画也是非常合适的。

李先生近年作品中有若干首颇近于王维，如：

> 驱车入深山，浓荫围若城。
> 梦醒犹思睡，满耳画眉声。
>
> ——《宿阳羡山中》

又如：

> 密树掩群峰，飞流下几重。

苍茫浓雾里，山寺一声钟。

——《游粤之鼎湖山》

与前几年的作品相比，李先生风格有所以变化，这大约就是所谓
"衰年变法"了。因为未能遍览李先生之诗，难以遽下断语。

我劝他尽快出一本《泡影二集》。诗不成集总是容易散失，随作
随弃者尤其如此。

读《思想者不老》

　　最近因为一个很偶然的机会，得以拜读刘志琴女士的《思想者不老》（天津古籍出版社 2001 年版，"学人随笔丛书"之一），大有收获。这是一本不可多得的好书。

　　近年来各地出版了不少学者随笔，各有所长，益人神志。但取读之后有时会产生两点遗憾：一是学者们三句话不离本行，往往讲得很专业，而我对于该行未必有太多的兴趣，有些地方看得很吃力或者简直看不懂，便废然中止了；二是有些集子质木无文，无非是浓缩的论文，或可称为札记，并非随笔。随笔好像还应当轻松一点，味道好一点——这么说吧，它最好是裱花蛋糕而非压缩饼干。

　　刘女士的专业是历史。世界上只有一门学问就是历史，一切都在历史上发生，所以历史是人人都有兴趣的——尽管现在历史学似乎交了华盖运，专著和论文都不大有人看，历史系的毕业生连工作也不容易找到，但人们其实还是想要了解历史的。那些戏说、歪说以至胡说的历史题材电视剧火爆得很，几乎每个频道都会跳出一些古装的武林高手、江湖豪侠或者顶戴花翎、青衣小帽的士大夫来，历史小说亦复方兴未艾，就充分说明了这一点。看来问题不在历史学，而在历史学者，专家们为什么不能写得雅俗共赏或者说写得好看一些呢？历史文章非得写军政大事、王朝兴衰吗？作者非要摆出一副史官架子或者意识形态面孔吗？

本书作者是著名的历史学家，她认为史学读物并不一定要"以凝重的主题、教科书式的文本使读者望而生畏"，它完全可以而且应当举重若轻，深入浅出，贴近民众，贴近生活。《思想者不老》中许多文章走的正是这一条路子，读起来很有趣，也很发人深思。

如穿衣吃饭是最普通、最家常的事情了，作者就此从历史学角度写了不少好文章。中国人总是说"民以食为天"，见了面就问对方"吃了没有"（这话现在不大流行了，谢天谢地！）以示关爱；古代的政权以"鼎"作为标志或象征，而所谓"鼎"无非就是一口大烧锅。这些现象说明了什么？本书中有精彩的分析。中国人又爱说"衣食住行"，把穿衣放在吃饭之前，作者认为也有深意。你在家吃什么人家未必看得见，穿什么衣服则是有目共睹的，古代各色人等该穿什么衣服都有严格的规定，是所谓"礼制"的重要内容，带有很强的意识形态性。太平军起义对清王朝的有关礼制作出了激烈的冲击，他们的服饰与"清妖"决然不同，可是以服饰来区分尊卑上下的思路并未改变，掌了权的起义者与他们的对手在这一点上相视而笑，莫逆于心。阿Q上了台，便要欺负小D。关于太平军的服饰，本书中有极精彩的论述，转述容易走样，不如照抄两段较为稳妥：

太平军起自贫苦农民，"皆布衣褴褛，囚首垢面"，"鹑衣百结"。起义之初不论是头领还是普通一兵，在衣襟上缝上黄布条，作为记号，穿着简陋，自无服制之别。占领南京后，洪秀全坐上天国的统治宝座，立即仿效帝王之制，专设"典衣衙"，从袍服、靴帽的质料、颜色、长短，一律按官职的级别定出标准，以显示等级的差异……对士兵的服饰并无定制，一般的是裹头、扎巾、短衣、花鞋。在装束中最引人注意的是头发，据《太平天国革命亲历记》中记述，这种装束具有"华美的神采"，"蓄发不剪，编成辫子，用红丝绒扎住，盘在头上，状如头巾，尾端成一长穗，自左肩下垂"，"简直使人不能想象还有比这更华丽更耀目的服装了"。有关太平军"脂粉艳装""华装炫目"的记载甚多。摆脱贫困的农民特别偏爱绚丽的服饰，穿着随便，《归里杂诗》说："贼之服色随掳随著，未尝一定，惟额扎绸巾，腰可系带，足履花鞋。"可以想见这与清人的服装大相径庭。

太平军掀起的一股"蓄发易服"的风潮，是历代农民起义从未有过的举动，无论是汉代的黄巾起义，唐代的黄巢，明代的李自成，在起义中服饰上也有所标记，但从没有在社会上推行服饰变革，所以这是太平军的创举，但它变更的仅仅是款式形制，并非是衣冠的等级之别，洪秀全登基后立即仿效封建王朝的礼制，用衣冠区分君民士庶，维护层层隶属的统治，依然是传统的衣冠之治，所以太平军的服饰变革有种族色彩并无风俗改良的意义，与近代化无缘。

研究太平天国的论著多矣，很少看到这种切实、有趣而且深刻的叙述与剖析。对辛亥革命以来流行的中山装和旗袍，本书中亦有专文分析，指出这两种最流行的式样乃"西体中用的杰作"。我完全同意这一精彩的结论。接下来的问题是如今旗袍流行如故，而中山装似乎渐有"下岗"之势，西装和夹克更加多见，这个现象虽已超出近代史的范围，但仍然希望作者有所论列。

　　本书胜义如云，难以列举。其中也有比较凝重的文章，如写张居正的《末世英雄的悲歌》，题材比较严肃，但仍然是雅俗共赏的。张居正是明朝了不起的改革家，同时又是一个很复杂的人物，作者用不算多的篇幅就把他写得相当透彻，而且颇多新意，文笔也非常之好。没有足够的功力，是谈不上举重若轻，深入浅出的。如果用这样的笔墨多写一些简短的人物评传，我想一定是许多读者很希望、很乐意阅读的。

　　作者对历史有深刻的研究，所以对未来也就有不俗的展望。本书中有一篇《请问成中英教授》，是在一次儒学讨论会上的即席提问，后来根据录音整理出来的，我读了非常佩服。新儒家一味责备"五四"，痛感儒学传统的中断，同时对儒学的前景却非常乐观，认为它将成为世界的主导思想，21世纪是中国人的世纪。这种议论近年来听到不少，令人生出一种自豪感，好像也有些道理。但未来之事，总是难说得很，我不大想得清楚。乱自豪是不行的，甚至是可怕的。刘志琴女士的见解很明确，她认为这是理想主义。提问中她列举材料说明"儒家在目前中国社会尚不能为大多数民众所知晓"，中学生所崇拜的人物既有革命领袖，也有港台歌星，就是没有历史上的儒家圣贤。"如果一种学说，上层只是有限的接受，民众还不能认同，在国内尚不能取得主流地位，又何从在21世纪主导世界呢？这不是理想主义是什么？"不知道当时新儒家的教授是如何回答这个问题的，我想很难。当然，21世纪刚刚开始不久，来日方长，情况也许会变化，但我想未来恐怕很不容易有什么东西可以主导世界，能多元共存，和平发展就好。

　　本书中各篇文采飞扬，见出作者乃性情中人。《思想者不老》《红彤彤大上海帷幕下的受难人》《钟表与时间》等篇抒情色彩相当浓，尤为读来令人动容的佳作。史学文章能写到这一步，难能可贵，颇不多见。作者在序言中说："历史和现实并没有不能跨越的鸿沟，在历史和现实中穿梭，是我的兴趣所在，无论是独坐书斋还是奔走在闹市，是在山水之间徜徉，还是与朋友欢谈笑语，那使我动之于情，得之于心的点点滴滴，信手而来，留在笔端，因为这也是我生命的历史。""动之于情"大约是写随笔的根本，现在有些随笔不大耐读，很可能与其比较无情、只堆积着密集的学问有关。

无情未必真豪杰，言之无情，行而不远。文学的根本特征，在西方是形象性的，而在中国，则历来在于情感性。《史记》是充满感情的，既是史学巨著，也是文学名著，鲁迅先生称为"史家之绝唱，无韵之《离骚》"。在所有的史书中，《史记》的读者最多，影响最大，认清这一点，亦可以思过半矣。

《燕谭集》

王学泰先生的《燕谭集》（新华出版社 1997 年版）一书中最引起我兴趣的是"话说游民"这一辑。作者本是率先研究游民文化的先驱，早在许多年前就著有《游民的理想与现实》一书（香港中华书局 1990 年版，改题为《中国流民》），收在这里的几篇短文由博返约，于随意谈笑之中发挥其深刻独到的见解，最是益人神智。

王先生说，"游民文化是广大游民与游民知识分子共同创造的"[1]。此言极是。所谓游民知识分子从某种意义上来说相当于古人所说的"游士"。中国古代的农民和知识分子都有某种流动性。农民与土地关系密切，一般来说是安土重迁，轻易不肯离开故乡的，但过于沉重的压迫剥削、灾荒和战乱往往迫使他们离乡背井，远走他方，这一类的迁徙流浪，史不绝书，另外还有由政府组织的移民塞边等；知识分子则比较自由，为了争取某种政治理想或表明某种政治态度，为了过更好的生活，为了实现人生价值，他们流动起来总是更加厉

---

① 王学泰：《燕谭集》，北京：新华出版社 1997 年版，第 131 页。

害。农民的流动一般是不得已的，知识分子的流动则往往是主动的。前者被称为"流人""流民"或"游民"（这几个概念之间颇有些差异，这里姑且忽略不谈），后者则称为"游士"。

春秋战国时代许多士人周游历国，有所活动，孔、孟二圣就是其中杰出的代表。孔子提倡流动，甚至发表过"士而怀居，不足以为士矣"（《论语·宪问》）这种近于绝对化的意见。但孔、孟的活动都是为了实行他们的"道"，原则性很强，理想不能实现就回家授徒著书，寄希望于未来，完全是思想家的做派；他们虽然曾经"游"过，但几乎从不称为"游士"。后来的纵横家则没有什么原则了，谁出好价钱雇用他，他就为谁卖力，很有些有奶就是娘、奶多更是娘的政客味道。顾炎武概括战国时代的风气道："邦无定交，士无定主……不待始皇之并天下，而文武之道尽矣。"（《日知录》卷十三《周末风俗》）。先秦的纵横家大约可算是资格最老的"游士"。战国时代的权贵"养士"之风很盛，信陵君、孟尝君、平原君、春申君尤为此中大腕，他们利用权势和财力收养门客，储备人才，以供不时之需，而这些被养的士也确实为他们的主人、为所在的国家作出了贡献。可见这时"游士"还是在体制之内寻求出路，同宋元以下的"游士"或今之所谓"游民"知识分子仍然有所不同。

如果"游士"们在体制之内找不到出路，长期在体制之外作无序的流动，这样的人如果形成气候，那就会成为潜在的危险。苏东坡在《游士失职之祸》（《东坡志林》卷五）一文中写道：

六国之君，虐用其民，不减始皇、二世，然当是时，百姓无一人叛者，以凡民之秀杰者，多以客养之，不失职也。其力耕以奉上，皆椎鲁无能为者，虽欲怨叛，而莫为之先，此其所以少安而不即亡也。

他又指出，秦王朝不注意这个问题，单纯地"恃法而治"，结果造成"游士失职"，"民之秀异者，散而归田亩"，这等于是"纵百万虎狼于山林而饥渴之，不知其将噬人"。由此可知，让"游士"在体制之内有一定的活动空间，有相当的出路，有利于国家的长治久安——苏东坡的观察看来很有点道理。到宋代，"失职"的"游士"已经日见其多，明眼人不免要"先天下之忧而忧"了。

汉初的诸侯王继续"养士"，后来国家设立"太学"，也等于"养士"，而且将这些知识精英直接纳入到正宗体制之内来。若干儒家大师聚徒讲学，从而游之者甚众，亦复有利于稳定。隋唐以下以科举取士，士人固然趋之若鹜，而在正宗体制之外的士人仍然有各种出路，如在唐代可以游幕，到各地的使府去充当幕僚，这样大批的游士就不至于"失职"了。古代的幕府之中历来是人才济济的，直到近代的曾国藩、李鸿章、左宗棠之流的幕府中仍然是如此。历代散落于江湖上的游士都不乏其人，古代的政治家懂得要想办法安顿好这些人，不能让他们走投无路，惹是生非。尽管朝廷的爵禄有限，"不能尽縻天下之士"，但相当一部分在野的知识分子总还是能够通过各种形态的"游"，找到自己的归宿。中国封建社会之所以能够"超稳定"，与其内部这种富于弹性的自我调节、自我完善的机制大有关系。

如果士人的出路过于狭窄，游来游去老是没有着落，则必然引起"游士失职"。这样，游民知识分子就会成为问题人物。如到元朝，大小城市里"失职"的"游士"比比皆是，蔚为大观。这里就潜伏着很大的危机。

王先生说，古代不能进入仕途的知识分子"有钱的可以高卧隐居，有背景的可以奔走权门，做幕僚清客。一些文化水平不太高的，绝了做官之望，又没有固定的家业，不能高卧归隐，只能流浪于江湖，从事不正当的，或为当时社会所不屑的职业，如做游医、书会才人、做江湖艺人说书唱曲，或为他们演戏打本子等。其他如游方僧道、游食四方没有固定职业的下层文士，皆属游民知识分子之列"①。要之，既在体制之外，又富于流动性，乃游民知识分子的基本特色。这一批人与通俗小说、戏剧的繁荣关系极大——研究这一段文学史非高度注意这一帮人不可。

游民知识分子能量很大，岂但同文学有关而已，一旦天下有变，这些一向在体制之外乱说乱动、找不到正当出路的"游士"就容易与穷则思变的"流民"结合起来，充当后者的领袖或智囊——这就是苏东坡所说的"为之先"——制造出很大的社会震荡来。元末、明末的农民起义以至太平军的队伍中，都有相当的"游士"加入进去，其结果是人所共知的。

基本上没有文化的土匪历来成不了什么大气候，而流氓无产者加上"游士"的集团则具有非常可怕的能量，在最严重的情况下甚至能够动摇国本、导致改朝换代，元末明初即为典型。研究"游士"的变迁，认清"游士失职之祸"，至今也还是不可以等闲视之的。

王学泰先生又著有《游民文化与中国社会》（学苑出版社 1999年版，近有同心出版社 2007 年增修本），所论尤为深广，虽然关于文学讲得比较多，其实也很值得史学界注意。

---

① 王学泰：《燕谭集》，北京：新华出版社 1997 年版，第 130 页。

文章是老师的好

《龙虫并雕斋琐语》

王力先生给我们上课的时候，态度相当严肃，绝无闲话，一路正文地讲下去。我们久仰他老先生的大名，听得十分认真，有时有点不大懂，先把笔记记下来再说，准备到课程告一段落的时候去请教。不料他只上了不多的几次课，就不再来了，听说是忙于编教材——这就是后来20世纪60年代初出版的四大本《古代汉语》。以后只听过他的一次讲座，比上课要活泼一点，但仍然相当严肃，专讲题中应有之义，较少旁及其余。那时有不少先生开讲座甚至上课的时候都喜欢"跑野马"，跑得老远才勒回主题来，大家喜欢听那些"闲话"。

据高年级的老大哥们说，王先生不单是语言方面的全才和奇才，而且翻译过不少外国小说，又写过许多散文随笔。他的书斋名曰"龙虫并雕斋"——写语言方面的论著在他是雕龙；其他只算雕虫小技，弄着玩儿的，却也十分了得。

龙虫并雕，这是个好主意。一味雕虫，壮夫不为；天天雕龙，未免太累，也不妨雕个把小虫子来调剂一下。

真正读到王先生的《龙虫并雕斋琐语》（中国社会科学出版社1993年版增订本）是很晚的事情。此书中的正文部分，大多是抗战期间在昆明写的，增补拾遗的十五篇，最早的写于20个世纪30年代中叶，晚的已到80年代。

《龙虫并雕斋琐语》里的王先生，那是很活泼的，牢骚很多，意趣幽默，嬉笑怒骂，皆成文章。抗战期间通货膨胀，还经常发不出薪水来，教授们生活清苦，甚至难以为继。在《领薪水》一文中王先生写道：

大约领得薪水的头十天，生活还可以将就过得去，其余二十天的苦况，连自己也不知道怎样"挨"了过去的。"安得中山廿日酒，醉眠直到发薪时！"

……二少爷憋着一肚子气，暗暗发誓不再用功念书，因为像爸爸那样读书破万卷终成何用！小弟弟的脑筋比较简单，只恨不生于街头小贩之家。

侧面着笔，不多几句已经写尽那时中国顶级知识精英处境之狼狈。

《龙虫并雕斋琐语》的语言是非常流畅的白话，多用口语，但有时，文章中忽然来一段典故累累的骈文，落差很大，如在《穷》一篇中王先生现身说法道：

口里天天嚷穷的人，有几个真的和穷鬼见过面？我虽一生不曾富裕过，直到现在还是嚷穷。但是，凭良心说，我也只在十七岁至二十岁的时候，和穷鬼相处过三年。居乏蜗庐，空美季伦之金谷；食无蠹李，将随梁武于台城。寒毛似戟，欲穿原宪之衣；蜷体如弓，犹失黔娄之被。日日送穷，人谁慰藉；朝朝避债，鬼亦揶揄。此中滋味，非过来人不能道其万一。

先生早年的经历我先前一无所知，原来也曾这样艰辛。在"雕虫"的小文章中忽然来这么几句古雅的骈句，读来并不觉得不协调，反而颇多奇趣——这一类奇妙的搭配，只有后来读聂绀弩《散宜生诗》时才又一次见到，这恐怕也得算是"龙虫并雕"的表现之一罢。

给学生上课时的王先生，是在雕什么呢？

《扬州杂记》

数年前应一位朋友之托，编过一本散文选《扬州的风景》（上海画报出版社 2001 年版），全是写扬州的。当时我身体不大好，又不知乱忙些什么，深感难以胜任，于是特别邀请王澄霞博士帮我搜集材料，共同编选。

当时感到两大困难，一是有些文章找不到，二是字数有限，找到的文章即使是很好的也不能完全收进去。二难并发，多有遗珠之憾自是必然的了。好在扬州的风景本不是一本小书能够写尽的，就让它有些遗憾吧。我自己最觉得对不起读者的是没有能将我的老师吴组缃先生那篇《扬州杂记》收进来。过去读过此篇，一时想不起出处来，后来非交稿不可了，只好罢了。

我做学生的时候，吴先生只给我上过不多的几次课，主要讲古代小说，还讲过一次鲁迅的《离婚》，都精彩绝伦。他老先生板着脸慢条斯理地讲，有时干脆念讲稿，但特别安静的课堂里常常会忽然爆发出笑声和惊叹声。吴先生讲课往往随意发挥，有许多闻所未闻的高论，如他说茅盾的小说不大行，全是主题先行，又说朱自清的散文虽好，但"做"得太过，他说他当着朱先生本人的面说过这一层意思，朱先生也不否认云云。朱先生在清华是吴先生的老师——那时的学生胆量真不小，而老师的心胸也真大。

吴先生的《扬州杂记》发表在《清华周刊》（第41卷第3、4期合刊，1934年4月）上，记的是某年暑假他应同学之邀到扬州一游的种种。文章写景的笔墨不多，多的是世态百相、风土人情，大有小说家的派头。文中写景以涉及扬州城墙的部分给我印象最深，他写同学家的小院子道：

那院落不十分大，却很是紧凑。紧紧接着院墙头露出一沿城垣，原来这里便是在城墙根下。院中几座花墩，长满花木，留着一条方砖砌成的小径。小径被架上的藤叶笼罩着，太阳光碎乱地洒满一地。架上藤叶间挂着几串被鸟啄残的葡萄，墙拐里缀着蛛网，城垣上摇曳着数丛荒草……

这毗连着绿杨城郭的萧疏小院，令人起无限遐想，这不是也很像我小时候住过的地方吗？不过几十年工夫，古老的城墙固然一去不复返，就是这样古朴的小院也很难得一见，大家都被关在大同小异毫无灵性的套间里，藤叶、葡萄、蛛网、荒草离我们远了，阳光虽然可以很充足地从玻璃窗里照进来，然而它绝对地丧失了碎乱萧散之美。

吴先生写他从绿杨村上船去游瘦西湖，同样以记人为主，写景无多，却又一次提到扬州的城垣："不数步就到绿杨村。一湾清澈的碧水，静静地躺在城垣下。浓绿的草木簇拥着两岸。城垣上颤动着繁密的藤萝薜荔，如一堵玲珑的篱藩……"

如果现在这一条游览线上还有这样一道藤萝薜荔的绿色篱藩，那是何等的美妙啊！

哲人林庚先生

在直接给我们上过课的老师中，林庚先生最为长寿，他老人家活到九十七岁。可惜我自从毕业离校后，就没有见到过他，只是在报刊上和熟人的来信中知道一点他的消息。据说颇有人向他请教长寿之道，林先生有问必答，晚年在九十大寿庆祝会上更正式地讲过两条："一条是一切都是身外之物，再一条就是多吃胡萝卜"，会场上气氛立刻大为活跃，林先生又赶紧补充道："可是现在胡萝卜的质量是越来越差了。"

先前我也曾听人说起过这两条，最近又在袁良骏先生的文章①中看到加了引号的文本，应当是非常可靠的——他参加过那次庆祝会。

看来今后应当也来多吃胡萝卜，质量再差也是胡萝卜，总归大有营养的。

不过我想林先生的长寿之道尚远不止此。我儿子20世纪90年代在北京大学读博士学位，曾向我转述他那些"全北大"（本、硕、博

---

① 详见《中华读书报》2008年1月2日第7版。

皆在北大者之谓也）同学的报道云，天气好的时候，林先生就出来晒太阳，放风筝。这又是两条。

"一切都是身外之物"，事情本来就是这样的，但真正想通这个抽象的道理却不容易，落实到自己的生活当中来则更难。现在流行的恰恰是一切都非争不可，有时还争得热火朝天。这第一条很哲学、很抽象，而第二条却极具体、极细微。这样的两条搁在一起，形成巨大的反差，给人留下深刻的印象。

这里不仅有思想，还有林先生的辞令艺术。我做学生的时候，听过林先生一门"唐诗研究"的选修课，那时已在下乡搞"社教"回校之后、"文化大革命"的前夕了，我们已是五年级，要忙着写毕业论文，所以选这门课的人不多；林先生似乎还是讲他的"盛唐气象"和李白的"布衣感"，也讲杜甫的忧国忧民，具体内容不大记得了，但林先生上课时感人的激情和高超的语言艺术，至今印象很深。我在一篇带有回忆性质的文章中曾经提到——

林先生上课的时候很像个诗人（这话错了，他本来就是著名诗人），感情很激动，讲到来神处摘下眼镜敲敲黑板上写的几个字，嘭嘭直响，叫人担心别敲碎了。但下课以后围着老师问问题的人比过去少了，不少同学总有些心不在焉的样子。我因为是课代表（我们班上谁愿意当某一门课的课代表，就由他来当；如果不止一人，则协商决定），算是认真的，有一次为一件什么事务还到燕南园林宅去过一趟，顺便请教过几个问题。他的房子比一般老师家宽敞阔气多了，客厅角上有一架钢琴，尤为罕见。林先生一再强调诗要领悟，要与古人心心相印，学究论诗容易"隔"。我完全赞成他的意见，可惜的是有些诗很难领悟，我问林先生怎么办，他笑笑说："怎么办都行。慢慢领悟。你还太年轻，再长大一点就能领悟了。"当时我虽唯唯称是，其实不大明白他的意思。到后来，经历了更多的世事，才知道年轻固然是一难能可贵的大优势，但也有些问题，那就是有些诗难以真懂。①

"怎么办都行。慢慢领悟。"这实在是关于读诗的两条基本原则。

长寿的基本原则也是两条，一条在精神方面，一条在物质方面。林先生不仅是诗人，也是一位哲人。

---

① 顾农：《我的学问之路》，《听箫楼五记》，南京：东南大学出版社 2004 年版，第 11～12 页。

追寻最美校园的复杂历史

——读《从废园到燕园》

如今的北京大学校园曾被胡适称为"世界上最美丽的校园"，而该园先前是美国教会办的燕京大学的地盘。新中国成立后燕京大学并入北京大学，北京大学遂由城里的沙滩一带迁入燕园；经过多年的发展，当然已经扩大了很多很多，但从西校门到未名湖以至朗润园一带，以及主要的几座老教学楼、女生宿舍（现在全是院系的办公室），亦即校园里最美丽最有特色的那些地方，还是老燕园的遗产。20世纪50年代新盖的宿舍楼，如我住过多年的三十二斋，却是没有什么灵气和个性的火柴盒式的东西。90年代以后新建的房子当然要好得多，漂亮得多，回母校时一一看到过，深感鼓舞，但没有进去过，不免缺少亲切之感。

在燕园我待过七年。前五年（1961—1966）是本科生，后两年（1966—1968）不知算什么东西，当时只说是"留校闹革命"，发给大学毕业生的工资——这钱只发给我们五年级，一、二、三、四年级皆不与焉。负责给我们分钱的老师是后来大名鼎鼎的裘锡圭先生，他那认真的表情和谨严的做派，至今还印象很深。像我们这种被赖在校园里"闹革命"走不了的资深学生，在中国教育史上大约要算是空前绝后的一种"怪物"吧。

那时我们同学都想尽快离开这个可怕的"文化大革命"的策源地。我自己是在还没有办理离校手续之前就匆匆离开了，一切善后皆托家在北京的同学代办。走后没有几天，校园里狼烟四起，武斗大为升级，未能躬逢其盛，暗暗庆幸。而前五年的学生生活，则有很多美好的回忆，20世纪末我在一篇小文章中写道：

前些时无意中翻到一本《侯仁之文集》（北大院士文库之一），其中有侯先生研究勺园历史沿革的文章，不禁勾起一段美好的回忆。大约是1962年吧，我在北大中文系读书，业余担任校刊副刊的编辑，有一次几个人商量如何向老师约稿，我说前几天听过侯先生一次讲座，讲北大校园内几个园子的来历，很有意思，可否请他写出来给我们发表？大家都赞成，于是我便跑到燕南园去登门约稿。侯先生当时是地质地理系主任，工作极忙，我冒冒失失闯进去，他却很亲切很客气地接待了我这个名不见经传的无名小编辑，并且很快按我们的要求（分若干篇，每篇写一个园子，不超过一千字）写出了文稿，交我们发表。《文集》里这篇文章当然要博大精深多了，主要内容则是一致的。①

那一段时间我对燕园的历史很有兴趣，甚至还到图书馆查过一点有关勺园的材料。学生时代要学的东西太多，年轻人兴趣转移起来也很神速，很快就不知道又去"研究"什么新的"学问"去了。尔来

---

① 顾农：《听箫楼五记》，南京：东南大学出版社2004年版，第331页。

四十余年，燕园的历史及其变迁于我已经非常遥远，只偶尔还躺在未名湖边的草地上看书——那当然是在梦中。

最近在书店看到一本唐克扬先生的新著《从废园到燕园》（三联书店2009年版），是专门写燕园来历的，赶紧买一本来看。本书封底的介绍文字道：

本书作者深入调研耶鲁大学、哈佛大学收藏的大量有关燕京大学的档案资料后，以详尽的第一手史料和百余张珍贵的历史图片，尝试重构出这段从"废园"到"燕园"的历程。作者不仅着意勾勒烦冗物质建设的脉络，也常关注建筑研究易于忽略的"人"的历史，从中可以瞥见20世纪20至40年代对中国公众尚很新鲜的"校园"生活的场景。

看完全书后，我深感这并非现在常见的声誉不算太好的广告，而是很得要领的指点。本书介绍那些"烦冗物质建设的脉络"不仅颇细致，而且很可读，甚至不乏发人深思的段落。即如现在名满天下的未名湖，据本书的叙述可知，并非出于当初的精心策划，而是在多种因素和机缘合力下达成的结果。"燕园规划远远谈不上是建筑师一个人说了算的产物，也谈不上有绝对的规律可循。最初的想象和我们今天看到的一切可能差之千里，而导致最终的变化的，又往往是一些建筑师本人不能控制的因素。"[1] 其实岂止建设一座校园是如此，许多事情只能摸着石头过河，努力做下去，结果很可能美好得出人意料。

本书作者对于设计燕园的主要建筑师亨利·K. 墨菲（Henry Killam

---

[1] 顾农：《听箫楼五记》，南京：东南大学出版社2004年版，第83页。

Murphy）介绍甚多，如果能有几段更为集中的论述也许更好些。因为这个人在中美文化交流史上实在是一位重要的人物，好几所教会大学的校园都与他有关，而他对于建筑以至文化上的中国元素始终给予了高度的重视。专门为此公写一本传记都不为过分，唐克扬先生其有意乎？

《北京大学中文系百年图史：1910—2010》

2010 年 10 月是北京大学中文系建系一百周年，母系举行了盛大的纪念活动。我本来是计划好回去参加的，不料临时因为健康方面出了点意外，未能成行，殊为恨事。幸而从报纸上看到不少报道，又有在京的老同学及时给我寄来一份《大学》杂志的《北京大学中文系建系百周年专号》，稍慰饥渴；而最令我高兴的是后来又得到温儒敏先生寄赠的他主编的《北京大学中文系百年图史：1910—2010》（北京大学出版社 2010 年版）一书，使我对母系的历史特别是现状有了进一步的比较系统而且直观亲切的了解（书中有老照片三百余幅，外界颇不多见；其中有一幅我们班 1964 年到湖北去搞"四清"时摄于武汉长江大桥之侧的合影，见第 130 页）。一边拜读，一边就冒出许多感想来。

本书序言说，北大中文系的系格，除了具有关注并参与社会的传统以外，主要还有两个方面：一是思想活跃，学风自由，环境宽容，同时具有严谨求实的风尚；二是教学方面注重为学生打下厚实的基础，然后放手让他们各自寻路发展。

这两条总结得很好，我个人也略有体会。我在中文系读了七年本科（1961—1968，后两年是所谓"留校闹革命"），对自由与严谨并重这一条体会很深。只讲严谨，很容易产出一批不敢越雷池一步的书呆子或学究；只讲自由，则容易催生一批天马行空的活动家。这两种人才当然也各有其用，但到底落入第二义。"各自寻路发展"这一条也很有道理，地上本没有路，只要有人走，路就出来了。我们年级后来出了将军，出了高官，母系并不以培养这样的人为目标，但也不妨有这样的杰出系友并引以为荣——基础打好了，干什么不行？

如果还可以补充一条的话，我想也许是中文系还有一种拼命的精神。"五四"运动，一二·九运动……为了挽救濒临危亡的民族，中文系的人走上街头，集会游行，大声疾呼，虽被捕杀头亦在所不顾，是众所周知的光荣历史。这回我从书中又得知，1928 年为了反对所谓"北平大学区组织大纲"，抵制莫名其妙的跨省大合并，"北大师生展开历时半年的护校、复校运动，甚至组织'敢死队'，反对强行实施大学区制"①，到第二年，政府收回成命，取消大学区制。为护校、复校而拼命，其风骨何等令人神往！如果没有前辈学长的拼死奋斗，北京大学已不复存在，更谈不上什么纪念中文系建系百年了。

"文革"中，中文系总支部书记程贤策服毒自杀于香山，当时颇震动人心。程书记很平易近人，记得他曾到我们宿舍来了解情况，征求意见，和我们谈笑风生。他即使有执行了错误路线的问题，批斗一两回也就罢了（当时这么看），而他竟义无反顾地自杀了！时年三十八岁②。后来看去，此乃以死相争，维护人格的尊严，是令人肃然起

---

① 温儒敏：《北京大学中文系百年图史：1910—2010》，北京：北京大学出版社2010 年版，第 271 页。

② 温儒敏：《北京大学中文系百年图史：1910—2010》，北京：北京大学出版社2010 年版，第 135、244 页。

敬的。学生中也颇有因维护人格尊严而自杀的，更可痛惜。我根本不赞成自杀，但对他们的拼命精神非常钦佩。

做学问也要有拼命的精神。西南联大时期，师生生活条件都极其艰苦，还要常常钻防空洞，但依然弦歌不辍。老师们出了许多可以传世而不朽的科研成果，学生中涌现了大批高级人才。这是什么精神？人总是要有一点精神的，否则就干不成什么大事。

我们六十年代的学子比起前辈学长和后起之秀来，自然相当惭愧，但在三年困难时期，也能拖着浮肿的小腿跑图书馆占座位苦读书，在宿舍里囚首垢面而大谈学问，不改其乐，也算是无愧于系格了。那时的中青年教师（其中现在颇有大师级的人物），面有菜色，穿着打补丁的衣服，一吃过晚饭就跑到三十二斋（中文系男生宿舍）来辅导我们，切磋讨论，不知熄灯时间之将至。老教授也偶尔光临，答疑解难，令人如沐春风。其情景犹在眼前，可惜那时没有照相机，这方面的图片，本书中只得付之阙如。

现在的条件同几十年前完全不同了，学生再穷再苦，也不至于饿着肚子，但认真读书的风气据说不如过去。著名的学术成果大抵出于老一辈学者或比较老一点的先生们之手，中青年教师中特别厉害者固然有之，相对来说总是少了一点。《北京大学中文系百年图史：1910—2010》序言中说，"百年中文系，五四时期的社会贡献与影响最大，二三十年代以及八十年代前期是做学问与人才培养最下功夫，而且成效也最显著的时期"，也许还应该加上一个西南联大时期——那么，第五度的高端什么时候到来呢？

现在不是革命的年代了，也没有什么整人的运动，按说学问应该做得更好，而事有不甚然者。这是什么道理，实在很难说明白。

第三辑

且行且歌

外八庙一瞥

　　承德"外八庙"现存七庙，逐一看去实在来不及。据当地人说，其中的普宁寺（大佛寺）和普陀宗乘之庙（小布达拉宫）是非看不可的，否则就等于没有来过承德。

　　普宁寺的建筑颇为奇特，其前一半和一般的寺庙没有什么差别，无非是山门、天王殿、大雄宝殿这一套，熟门熟路，匆匆看过，到后一半体制忽然发生巨变，眼前突然冒出一座高达四十米的巨型建筑，从外面看是一尊六层的塔，进去一看却是巍峨壮丽一气呵成的大佛殿，中央供奉一尊木雕的千手千眼观音，高大无比，一进殿即须仰视。据介绍，这位观音高二十二米，腰围十五米，是目前世界上最大的木雕佛像。这样庞大却一点都不显得笨重，庄严而有飞动之势。她身边的善财、龙女，也有十来米高，同样栩栩如生。殿内光线黯淡，很有些神秘的气氛。

　　站在这三尊巨佛之前，不由得让人深感自己的渺小和平庸。这是瞻仰一般的佛寺不大会有的感觉。据说这里的体制和风格完全模仿西藏历史上的一座庙，体现了藏传佛教的精神，怪不得那么具有威力。

欧洲的教堂把屋顶搞得那么高、精、尖，固然是为了直指天国，同时也可以逼得信徒们自觉渺小可怜以至于有罪，殆所谓貌异而心同者欤。汉传佛教虽然也是宗教，但平易世俗得多了，士人进庙不过随喜赞叹，同和尚们谈禅，相当于在客厅里与朋友们聊天，哪里还有多少宗教气呢！这一传统的优劣得失为何如，亦颇难言，通达固然极好，但同时也就往往无执着无激情，爆发力不足了。

这尊大佛给了我很大压力，于是便匆匆退出，去看普陀宗乘之庙了。

这座庙是彻头彻尾的藏式，整个庙建在一个山坡上，越往里走越高，其主体建筑又有四十多米高，正面如一堵高大的城墙，墙顶上有类似角楼的建筑，其余什么也看不见。墙面整齐地排列着若干窗户，但全是黑乎乎的。从侧面的台阶上去，才知道这墙就是寺院的后壁，而寺院是一栋四四方方的回字形大楼，楼分三层，千门万户，内藏大量的经卷、佛像和珍宝。四周楼群中央的空地上，坐一尊金碧辉煌的"万法归一"殿，威风凛凛，华丽庄严，屋顶全用鎏金铜瓦，从楼顶俯看去，在阳光下放出灿烂而沉着的光辉。

这是一个佛的世界。楼群内光线相当黯淡，唯一采光的通道就是那些窗户。这种窗子很奇怪，不是里外直接相通，内窗口比外窗口低一米左右，利用墙的厚度在外窗口下建七层小台阶以通内口，术语谓之"盲窗"，其妙处在于弓箭无法射入，刮风也不至于吹动神幡。这种窗户当然可以通气采光，而所采之光却相当微弱，有助于形成神秘幽深的气氛，给人以某种重压之感。

楼顶层东北角有座亭子，匾额大书"权衡三界"四个大字，亭内有对联道：

法界现神威即色即空
梵天增大力非住非行

　　藏传佛教的教义我完全外行，看来它的色空观念略同于汉传佛教，但更加强调佛法的威力，它可以使信徒即身成佛，非住非行，获得彻底的解脱。

　　大佛寺内尚有零星香火，而小布达拉宫内则全无，但后者的门票要贵得多。参透此中消息似乎并不难，而当年乾隆皇帝为庆祝自己的六十寿辰专门建这样一座藏式大庙，用心亦可谓深远矣。

香山寻叶

　　各地的风景名胜往往与季节有很大的关系，承德的避暑山庄，自然是夏天去最好，北戴河和庐山也是如此；又如扬州，固然四季皆妙，而实以春天为最佳，盛唐诗人孟浩然专门选定在烟花三月下扬州，大有道理，如果迟至夏天才来，看荷花自然最当令，但须同时接受这里的高温，那就不免失策了。有些地方秋天去最好，北京西郊的香山即为著名的一例。香山红叶，天下知名；如果其他时候去，则香山虽如故，而红叶暂"无货"，岂非大煞风景之事乎！

　　称红叶为"货"恐怕要被指责为用词恶俗，更煞风景。其实不然，今年秋天，我和两位朋友结伴去香山，走进山门，就见路边两长溜的小摊子大卖其红叶，要一块钱一份——这是经过加工的红叶，有枫叶，有黄栌，似乎都进一步染过色，大红大紫，两叶一组，镶在卡纸上，夹入塑料纸套，有些边上还有题词，如"红叶情""好儿女"之类，书法尚不甚俗。我想，满山都是红叶，谁肯花钱来买你的？

　　进去以后才发现，香山公园除了大门口有一株枫树保养得很好，周围挤满了拍照的人之外，几乎看不到红叶，到处是苍松翠柏，时已深秋，仍然绿得郁郁葱葱，远看颇近于发黑。于是沿山路往上爬，爬而又爬，始终未见红叶，偶尔有一点，全是枯枝病叶，甚为无味。当年捡过红叶的地方在哪里，怎么走法，一点都不记得了。查看公园的示意图，"红叶区"似乎并不甚远，问迎面而来的游客看到红叶没有，回答大抵是："我们也在找呢！"只有一位老者说："走大路没有门儿，抄小路吧——远看一片红，近看一片枯！"

后来我们终于得到一位资深游客的具体指引，沿小路登上半山背后的一座亭子，眼前忽然一亮，只见对面可望而不可即的起伏的岗峦上，在大片的青松之间，点染着或大或小不规则的红叶林，红得如火，如霞，如油画上几块亮斑，在阳光下熠熠生辉。这种美景，在香山以外，是不容易看到的。亭边也有若干树红叶，的确大抵半枯了，幸而总体看上去尚有精神。同行中一位中年美学家不胜感慨地冲着远山高声吟诵道："哦，生命中最后的辉煌啊！"

近处可以随手摘到的红叶，大抵残缺破损，我捡了几枚，反复把玩，沉吟久之，终于悲从中来，下山时都扔到沟涧里去了。走出香山后，在门口花一块钱买了一份死板板、"化过妆"的红叶，就用这种假辉煌表示已经到此重游过了。

过去我收藏过若干从香山上捡来的红叶，那都是完美无缺充满生气的。那还是三十年前当学生时候的收获。记得全班二十几个人不止一次集体去过香山，那时我们年少气盛，一路狂奔，看谁先爬上顶峰"鬼见愁"；还有一次是搞野炊，躲在一个非常偏僻的山角落里烧菠菜汤泡窝窝头吃。因为带着炊具，不便从大门进去，便由知情的同学带路从山背后一处围墙缺口处钻进去，这样又可以省下五分钱门票，正可以用来采买菠菜和盐，那一点油则是北京同学从家里偷运出来的。万事俱备，只欠举火。香山的一切胜景我们一概置之不顾，只是嘻嘻哈哈、兴高采烈地来烧菜汤。吃饱了喝足了就捡红叶，到处都是虽然不很红却极其漂亮、生和勃勃的枫叶和黄栌。我们每个人都捡了些，装在空锅里带回去。后来绝大部分都扔掉了，负责运锅的我们宿舍里的几个人留下几张，夹在书里——现在自然无可踪迹了。

那时我们的兴奋点全不在红叶，对于不宜近看细看的"最后的辉煌"尤近于麻木，只忙于喝菜汤，然后就来总结其成败得失，指责那些负责搞柴火的家伙尽抱些湿柴来，熏得烧火丫头们泪流满面；而负责洗锅的也同样差劲，根本没有洗干净，弄得带回来的红叶异化成一股菠菜味儿，煞尽了风景……我反复回味那无与伦比的菠菜汤泡窝窝头，不知不觉已走出山门甚远，又该挤公共汽车回旅馆了。

"云里雾里"

在我们老家的口语系统里，有"云里雾里"（"里"读轻声）一词，用以形容不晓哪码通哪码，不开窍，糊里糊涂，不明真相，莫名其妙，茫无头绪等情状，略带贬义。如用于自己则明显地带有自嘲的意味，相当于"难得糊涂"，而鲜明生动的程度则远过之。不过我真正领会此词的妙处，是在最近游过一次黄山之后。

黄山七十二峰，可以登临的只是少数，站在所登之峰上看四周群峰，大抵不能历历在目，总有云遮雾罩，而且并非如秦观词里所说的"山抹微云"，它浓厚深重而且瞬息万变，忽往忽来；俯瞰悬崖下的山谷，也看不大清楚，每有大团的雾气升腾直上，扑面而来。我们从光明顶向鳌鱼峰进发的那个拂晓，山风颇烈，晨雾浓到化不开，大团大团地向人扑来，几步之外即已模糊不清，脚下须步步小心——这时我忽然悟得，我已在"云里雾里"了。

在黄山上很容易明白，云就是雾，雾就是云，远看是云，近看是雾；神仙们腾云驾雾，他们的交通工具是一种而非两种。所谓"仙"，就是山上的人，在黄山云雾中特别容易产生飘飘欲仙之感，而在无名小山上则无从有如此之良好的自我感觉。

"云里雾里"也有些实际的好处。人们都说黄山最险之处在鲫鱼背，我们的导游劝大家不必冒这个风险去登天都峰顶，从半山腰下山仰视其极顶就算了。几个年轻人不服气，非得冒这个险不可，这才够刺激。我因为儿子在这一群勇敢分子之中，也就参加了这支小分队，并且因为年纪最大而被推为队长。一行人雄赳赳、悲壮壮地向天都峰顶进发，在蒙蒙乱扑行人面的云雾之中爬而又爬，终于到了所谓的鲫鱼背前，队员们全都大失所望，这里完全无险可言，不过二十来米的一段平路，虽然窄了一点，往来尚可并行，较之从鳌鱼峰下山的"百步云梯"并不更难走。加之路两边有若干石柱，用很粗的尼龙绳相连，扶不扶住这缆绳其实都无所谓。我再三叮嘱大家要特别小心，而年轻人都没精打采地走了过去，小分队中几位中学生姑娘又调皮地往回走，嘻嘻哈哈地重过了一遍鲫鱼背，以表示她们对这一所谓天险的藐视；结果大家都重走了一遍，我也"老夫聊发少年狂"地跟着潇洒地走了一回。

过了鲫鱼背有一块比较开阔的地方，于是下令稍息，拍拍照片。这时雾气渐渐消散，眼前出现全新的景观：刚走过的鲫鱼背原来是一条天梯似的狭窄的通道，路下两边都是悬崖峭壁，怪石嶙峋，深不可测，如果稍有不慎，弄不好真能一头栽进万丈深渊。刚才一切险情都隐藏在浓雾之中，除了一条路面在眼前之外，其他都一无所知，加上大家急于过著名的天险，也不暇考察其他。我叮嘱大家，天险虽过，以后登天都峰仍然要处处小心。几位小姑娘冲我伸舌头，做鬼脸。

不明真相帮助人们勇敢前行，而见事太明倒反而可能让人悲观以至失去行动的能力。不"云里雾里"而仍能勇敢无畏、一往无前，才是真正的英雄。

茫然周庄

几年前游过一次黄山，精神振奋了好几个月，当时就听说著名画家吴冠中先生有一个著名的结论，"黄山集中国山川之美，周庄集中国水乡之美"，心想什么时候应当去昆山周庄一行，如此则山水齐备，足慰平生。

此后又读到一位文化明星写周庄的散文，其中说走在周庄的青石板路上，能听到自己的心音，更增添了我对这世外桃源、清凉世界的向往和仰慕。最近总算心想事成地跟着集体顺便玩了一趟周庄，夙愿得偿，心事已了，然而竟若有所失，茫茫然找不准感觉。

集体行动总得有些规则，此行约定在周庄逗留两小时。周庄虽然不大，景点却很多，过其门而不入未免犯傻，于是只好脚下生风，马不停蹄地赶路，而且比平常赶路更费力：石板路上摩肩接踵，足音之大近乎阅兵，远远看去，则是中外游人人头攒动、五彩缤纷的一片。各景点里更是人满为患，沈厅、张厅、迷楼几处尤甚，连全福寺、澄虚道观里也充满了随喜赞叹的熙熙攘攘的人群。

到这里来本来是想放松清静一下的，不料恰恰相反，古人所谓

"出家更比在家忙"，其此之谓乎。从全福寺后门出来，正有点茫然的时候，有一位渔民模样的中年妇女很热情地问我们去不去南湖，说那里开阔清闲，可以摇船送我们去。我和同行的一位青年正苦于为俗尘所蔽，很痛快地谈妥了价钱。她把我们送上船就又去招揽别的游客去了。

小船拐了两个不大的弯子就荡出河汉进了南湖，眼前一碧无垠。西风袅袅，波澜不兴，船身微微有些合于节律的摆动，颇令人忆起躺在摇篮里的时光。多年不曾上过这样的小船了。船老大是个很精干的中年汉子，他一面用一只手摇橹，优游自得，一面跟我们讲这湖真大，湖那边就是吴江，湖中盛产鱼虾、莼菜，自古以来就是个好地方。他像玩儿似的，不大功夫就把我们摇到离岸很远的地方。

从湖心里远看全福寺，简直像浮在宽阔的水面上，这才真有点"水中佛国"的意思，只是全用铁栏杆围着，有点异样罢了。小船一径向南湖深处荡去，虽然离开彼岸仍然极远，而此岸的佛国离我们是越来越远了。船老大建议与我同行的青年也来摇几下橹试，又叫我站到船头上来看风景，我的姿势大约和摇橹的小伙子一样笨拙。

我们说说笑笑，继续向南湖深处行进。四望水天一色之中有些用网围起来的小区，大约是养鱼虾的所在。耳边柔柔的橹声，令人无端地沉静下去。在这清静无为之中，我忽然想起，这昆山周庄正是西晋名流张翰（季鹰）的故乡，当年他在政治中心洛阳，忽然莫名其妙不辞而别，离开官场，回了老家。《世说新语·识鉴》说他"见秋风起，因思吴中菰菜羹、鲈鱼脍，曰：'人生贵得适意耳，何能羁宦数千里以要名爵！'遂命驾便归"。这句话后来成为一个著名的典故，而张翰的归隐游钓之地正在这周庄南湖。他选得很是地方啊！

莼菜、鲈鱼确实是美味，明代新兴的周庄"万三蹄"（一种加工精细的红烧猪蹄）也相当不错。不过如果张翰的故乡游人如织，车马喧闹，他是不是还会回到这里来呢？恐怕难说，幸而这南湖还依然清静……

我们任船老大随意摇船，漫无目的，流连忘返。后来如梦初醒，发现时间已经不多了，请他赶紧往回摇，我们上了岸便跑，一出景点大门，又连忙雇了一辆车，直奔集合的地点而去。大家已经在等我们了，于是连称"惭愧"，义无反顾地回到了吴方言所谓"闹猛"的现实。

红瑶寨

今年夏天到桂林去旅游，听从旅行社的安排，到桂林下属的龙胜各族自治县去看了两处少数民族的村寨，先看红瑶寨，后看侗族的银水寨，都很有趣。

银水寨原寨毁于乾隆初年，当年的寨主率众起兵反清，遭到残酷的镇压，寨子被一把火烧得精光——"龙胜"即因此而得名。现在的寨子是近年来为发展旅游事业重建的，依山傍水，楼阁辉煌，其中并无民居，实为全新的景点。这里的歌舞水平非常高，在巴黎得过大奖，央视作过报道。而红瑶寨则是古老而真实的瑶族山寨，由于该寨现在就在公路边上，山不太高，交通算是比较方便的，于是辟为参观的定点，才开始了没有多长时间。

负责接待游客的这一家据说是寨子里最富裕的人家，女主人是一位老寨花。参与接待的人员是从全寨选出来的青年男女，有关收入归全寨所有。

瑶家选择"寨花"并不是挑选长得漂亮或能歌善舞的姑娘，而另有其严格的标准：未婚女性，父母双全，四世同堂，有兄弟姐妹。

寨花是吉祥的象征，每当逢年过节或寨子里有婚丧大事，她一定要到场演唱。寨花结婚后就自动丧失这一资格，另选一位。从此她就被称为"老寨花"，继续得到人们的尊重。资格愈老，地位愈高，有点像离休干部的样子。

早晨，当我们的车子开近红瑶寨山脚的时候，就已经听到铜锣、唢呐声，那曲子欢快、热烈、简明、质朴，从云雾弥漫的半山腰上飘下来，从那些黑乎乎的木楼边飘下来。大家的情绪为之一振，急于上山一睹瑶家同胞的风采。

上山的路完全是原来意义上的山石，少数地方用乱石铺过一下，没有任何章法。山看上去不算很高，而路相当的长，蜿蜒曲折，脚下极滑，往往还要跨过或跳过小股的流水，好不容易才爬上了半山腰上的寨子。一进寨就立刻被迎进一户人家的二楼去，瑶族姑娘端着木盘请大家用小碗喝水。这水清凉干醇，有一股淡淡的甜味，一碗下去，内热顿消，五脏熨帖，心气平和。从来不曾喝过这么好的水！原来这是山上雪水、泉水、雨水的混合物，瑶家每家人家都有大量的贮存，而且不断更新，用之不竭。

这一家有一架吊顶的电扇，但始终没有转动，屋子里也确实不算很热。屋角有一台21寸的电视机。四壁贴了不少画，毛主席的标准像就有三张，此外还有不少陈旧的宣传画，也有一两张比较新的。家具全都相当笨拙古老，也许是自己动手做的吧。地面扫得很干净，只是空气中有一股淡淡的牛粪味，令人浩然有怀古之思——瑶寨民居的底层历来是养牲畜的地方。我们上山时就看到不少牛悠闲地在山坡上啃草，没有人管它们，连牧童也没有。

大家挤坐在长长的木凳上，听老寨花领着姑娘们唱瑶家的山歌。老寨花用汉语致辞，主要是热烈欢迎的意思，也说到条件简陋，招待不周，话讲得简明而得体；姑娘们的歌声清脆高亢，非常好听，可惜一句也听不懂，大约是用他们的母语唱的。不少人挤上去和歌手们合影留念，她们便让出中间的地方来，同时很大方地继续唱她们的歌。虽然掌声不断，歌手们并不鞠躬答谢，她们不间断地自得其乐地唱了很长时间——瑶家的山歌本是唱不完的啊！

　　红瑶寨山脚边有一块巨石凌空向前突出，崖下可容一二十人；崖侧有红一方面军长征时留下的石刻，一段是"红军绝对保护瑶民"，另一段是"继续奋斗再寻光明"。字作正楷，刻工不算好，但刻得很深，历经六七十年风雨，至今仍然十分清晰。大家纷纷在这里摄影留念。有人以为红瑶寨的"红"与红军有关，导游告诉我们，"红瑶"是瑶族的一支，他们世世代代生活在这里，过去生活非常苦，现在好得多了。

访西南联大旧址

西南联合大学（简称西南联大）是现代教育史上的一座丰碑，也是一个奇迹。原北京大学、清华大学、南开大学三校抗日战争期间联合办学，在极其艰苦的条件下把教育办得生机勃勃，培养了大批优秀人才，其中包括后来的诺贝尔奖金奖获得者，包括两弹元勋和许多中科院院士，也包括人文社科方面的一大批著名专家。我的师长中就有不少出身于西南联大，他们一谈起自己的母校来无不充满了景仰和自豪之情，回忆起当年的学生生活，往往激动不已。一所学校能让人如此一往情深，必有她特别的魅力。数年前《国立西南联合大学校史》（北京大学出版社 1996 年版）出版，曾购阅一本，掩卷而思，不禁心事浩茫，想得很多很远，其时写过一篇短文《西南联大的启示》（《读书》1997 年第 9 期）略述所见。当时想，什么时候有机会到昆明去亲眼看一看这座圣殿就好了。今年秋天我到昆明去参加一个学术会议，主办单位之一正是西南联大留在云南的后身——云南师范大学，于是得以拜谒我心中的圣地，增加了若干感性的认识。

现在可以看到的西南联大旧物主要有当年复员前夕所建的纪念碑

（冯友兰撰文，闻一多篆额，罗庸书丹）、"一二·一"四烈士墓园以及有意保存下来的一排教室。在这些旧建筑的两边是新建的西南联大史料陈列馆。1945 年抗战胜利后，以西南联大为主体的昆明爱国学生多次举行集会，呼吁和平、反对内战，要求民主、反对专制，遭到国民党反动当局的迫害，当年 12 月 1 日，国民党的军警特务冲进西南联大投掷手榴弹，学生于再、潘琰、李鲁连、张华昌中弹牺牲，多人受伤。于是昆明学生联合罢课，并在校内修建墓园，1946 年 3 月，以学生为主体的三万多人举行出殡游行，将四位烈士安葬于此。稍后，著名的民主斗士李公朴、闻一多先后遭国民党特务暗杀，他们的衣冠冢也被安排在这里。墓园不大，前面的墓道上有两根石柱，基座上刻有闻一多撰写的《一二·一运动始末记》，柱顶则是鲜红的火炬；诸墓背后有一座石屏，中间是浮雕的自由女神，许多青年跟着她奔向前方。我在墓园里循行一过，默默致敬。当年的教授不仅指导学生学习知识、研究学问，还和他们一起为民主而斗争，甚至也一起流血。所谓经师人师，正当如此。今天的师生则当为中华民族的伟大复兴共同奋斗，学校应当是精神重地和堡垒，如果学校变成一间经销知识、出卖文凭的商店，师生之间变成卖方、买方，学校当然也还可以办得下去，但那又是多么可悲啊！

西南联大的教室墙是土墙，窗户小小的，屋顶则是一层洋铁皮。幸而昆明四季如春，否则这教室就完全不能忍受。据说当年影响教学效果的一大干扰就是下雨。这里没有课桌，密密地排满了当地人称为"火腿凳"的木头椅子，这种椅子只有右边有扶手，到前面转一个弯，形成一本书那么大的平面——样子有点像云南火腿——可以在这上面记笔记。四十年前我在北京大学读书的时候也曾坐过这种椅子，当时并不知道它叫"火腿凳"，更不知道这是西南联大的传统，只是觉得大学的教学设备未免太差，比中学还要差，连个简单的桌子都没有。

就在这破房子里的"火腿凳"上，一批知识精英默默地成长起来了。我们一行参观者坐在"火腿凳"上环顾四周，不胜感慨。一位云南师大的同学滔滔不绝地向我们介绍当年的情况，回答参观者的问题。这位同学穿一件很朴素的老式样的学生装，讲一口很标准的普通话，我无端地觉得，当年西南联大的学生大约也就是这个样子。当他介绍到墙上贴着的西南联大校歌时，有人请他唱一唱，小伙子说就怕唱不好，接着忽然改变了嗓音，苍茫沉郁地唱道："万里长征，辞却了五朝宫阙。暂驻足，衡山湘水，又成离别。绝徼移栽桢干质，九州遍洒黎元血。尽笳吹，弦诵在山城，情弥切。千秋耻，终当雪。中兴业，须人杰。便一成三户，壮怀难折。多难殷忧新国运，动心忍性希前哲。待驱除仇寇复神京，还燕碣。"当年的学生考虑的并不是学成以后怎样从社会取得回报，而是要为民族的复兴努力学习，全力报效。希圣希贤，以天下兴亡为己任——西南联大之所以出了那么多人才，强烈的爱国主义、深刻的人文关怀是非常重要的精神力量。人要有一点精神，学校更要有一点精神。

从西南联大旧址出来回住地，我觉得自己忽然年轻了许多，要再鼓干劲，做更多的事情。

扬州石塔

近日偶读"名人照相簿丛书"中的《静谧的河流——启功》[1]，很有意思。书中图版之第二十七幅是启老手书的一首关于扬州石塔的诗——

> 饭后钟声壁上纱，院中开谢木兰花。
>
> 诗人啼笑皆非处，残塔欹危日影斜。

这古木兰院的石塔离我家很近，现在被保护得很好，已经不能再说"欹危"了。塔的附近有一家很大的超市，我常常去买食品杂物——所以读启老此诗，大感亲切。

这石塔还是唐朝惠昭寺木兰院中旧物，因为拓宽马路，现在已经到了大街（原来就称石塔路，近年来改称文昌西路）的中轴线上，虽历经千年风雨，仍然很精神地挺立在那里。

---

① 陆昕：《静谧的河流——启功》，济南：山东画报出版社1997年版。

　　木兰院有一个非常著名的故事，发生在中唐时代，一个叫王播的穷小子早年曾寄食于惠昭寺，庙里的和尚很讨厌他，竟忘了普度众生的佛教大义，故意先开饭后敲钟——等到王播按信号去食堂吃饭，已经吃不成了。后来王播当了大官，于长庆二年（822）出任淮南节度使，就驻节扬州——这里的和尚还记得敲钟的往事，大大地慌了神，赶紧把当年王播在墙壁上随便写写画画的痕迹都毕恭毕敬、郑重其事地用碧纱笼罩上，当作"文物"保护起来。王播来此一看，不禁百感交集，于是又题诗二首，其二云：

　　　　上堂已了各西东，惭愧阇黎饭后钟。

　　　　三十年来尘扑面，而今始得碧纱笼。

　　人情冷暖，分明如画。启功先生觉得王播当时的感触应当是"啼笑皆非"，大有道理，你跟这种势利小人还有什么可说的呢！

　　清代"扬州八怪"之一的李葂也曾有《石塔寺》一绝云：

　　　　木兰院古树森森，回首王郎续旧吟。

　　　　莫讶相看僧冷热，笼纱原是打钟心。

　　李诗指出，木兰院和尚虽然前后态度冷热不同，而秉性一直未变。这首诗可谓知人，有助于拓宽对老故事作另一层面的理解。

　　当然，王、李诸诗所讽刺的对象绝不仅仅限于木兰院的和尚。古往今来，令人啼笑皆非的事情还多着呢！

走马徽州（三题）

海外贸易与本村"肉讯"

明、清的商帮中最著名的，在北方是山西商人（晋商），在江南是皖南商人（徽商）。江浙一带许多城市和集镇的繁荣都与徽商有着密切的关系，如著名的历史文化名城扬州，老民宅房子最漂亮的是徽商，园林最精致的是徽商，康熙、乾隆这两位著名皇帝几下江南，为"接驾"钱花得最多的还是徽商。

那时徽州商人不仅在国内到处做买卖，几乎无远弗届，他们还把生意做到外国去，《徽州学概论》一书写道：

> 由赣江溯流而上，越大庾岭，南入广东的路线是当时徽人入粤经商的交通要道。徽人把内地的货物运至广州，转销海外，又把外洋进口货物运销内地……还有许多徽商由闽广扬帆出海，从事海外贸易，嘉靖时"闽广徽浙"的商人侨寓日本者已达数千，至于"贩缯航海，而贾岛中"，远服南粤，与岛夷为市的事例则更是屡见不鲜。事实表

明，徽商不但活跃于全国各地，而且海外诸国也留下了他们的足迹。①

嘉靖（1522—1566）至今已有四百五十年，当时的徽商已经把海外贸易搞得如此红红火火，如果不是明、清两代统治者往往实行锁国政策，那将是什么形势？

清代汉学中的皖派诸家，如杰出的学者、思想家戴震等人，在治学当中往往能在某种程度上吸收西方的科学和思想，其重要的背景之一恐怕正是当地商人这种开拓进取的精神，这种放眼于国门之外的胸襟和气魄。

可惜这样的传统当时既不能形成大的气候，后来又被无情地打断了。于是人们还是忙于修大小祠堂，竖贞节牌坊，读圣贤书，走科举路。天下太平，一切照旧。

如今的徽州又是另一番景象，这里的古村落如黟县的宏村、西递被列为世界文化遗产，旅游事业非常火爆，中外游客络绎于山间道途，忙着写生和摄影的艺术家到处可见；本地居民的生活相当富裕。我在宏村一户农民办的庭院旅社住过一夜，条件虽然还不能同星级宾馆相比，但有花坛、鱼池，到处干干净净，空调、彩电、卫生间、热水等一应俱全。据说现在这里的居民简直不肯走出去，不管外面的世界多么无奈或者精彩。

在西递，我们饱看了美轮美奂的民居和熙熙攘攘的游人，还看到不少有意思的东西，如在街头的广告栏里，除了有村里的告示以外，还有一张措辞非常简明扼要的"肉讯"，我觉得好玩，随手抄了下

---

① 姚邦藻：《徽州字概论》，北京：中国社会科学出版社 2003 年版，第 84～85 页。

来，现将全文转录如下——

> 我户定于十二月四日杀猪，欢迎各位选购。
>
> 户主　胡××　2004，11，28

广告的形式可以说完全是现代的，而其内容所反映的是非常古老的自然经济的生活方式。宏村和西递都在群山环抱之中，商品流通大约不是特别方便通畅，于是猪肉便就地买卖了——这当然是一个聪明可行的办法，广告的文字水平也很值得佩服；但一想到这里的人们早在四百多年前就曾漂洋过海，在国际贸易中大显神通，则不禁怅然若失矣。

访绩溪胡适故居

胡适先生（1891—1962）的故居在安徽绩溪上庄村适之路28号，最近有机会顺道往访，还在门口拍了一张照片作为纪念。这样的机会是很难得的，因此也就很可贵。

据说就在不久之前，胡家还有后人住在这所房子里面，后来政府将他们另行安排，把这里修缮整理了一番，辟为专门的纪念馆，对游人开放，只是游人一向很少。这故居在一条非常长而且弯子很多的巷子深处，而整个上庄村又深藏在绩溪一个很偏僻的角落里，公共交通大约也不是很方便，在现今的知识界以外，胡适的知名度恐怕不算很高，参观者不多是难免的了。

这里的几间房子都很简陋，胡适的先辈亦官亦商，应当有些钱的，而房子如此不阔，在好房子很多的徽州一带显得相当一般化。院子不小，但不大周正，只是扫得蛮干净。

故居分成几个展室，展出图书和照片的只有一小间，内容无多，如图书只有几个研究单位赠送的很少几部，都是常见之物，而且连最为重要的新版《胡适全集》都没有，更不必说早期的各种版本和在海外出版的书了。照片更是少得可怜，但有几张颇为罕见，例如有一帧胡适夫人江冬秀晚年的大幅照片，诚如一位同行者所说，显得"很有福相"；又有一张胡适的表妹曹珮声（她也是上庄人，墓就在附近）青年时代的照片，人很漂亮而且时髦。其人曾留学美国，学的是农业。胡适结婚的时候，她是新娘的伴娘，到 1923 年，她同胡适有过一度暴风骤雨式的婚外恋，尽管此事只是一段很小的插曲，但对于人们了解胡适的内心世界和独特风格却很有帮助。此事我曾经在一本书上看到过一点介绍，印象不深，连女主人公的姓名也没有记住，不料却在这里忽睹芳容，大大增加了对历史的感性了解。

　　这里的展品之少同胡适丰富的经历、等身的著作显得十分不相称。我们去参观的时候，那位讲解员特别高兴，用带有浓重口音的普通话滔滔不绝地讲了半天。他在解说中顺便自我介绍说，他的祖父同胡适一家相熟，帮胡家做过不少事情；胡适长期在外，老家的事务难免有些鞭长莫及。原来乃是世交，怪不得他的解说相当情绪化。

　　抗战期间胡适任驻美国大使，绩溪县当地政府给他家送过一块"持节宣威"的功德匾，现在就挂在主要的展室里。原物能保存下来很不容易。20 世纪 50 至 70 年代胡适在大陆一直挨批，该匾又是当年国民党地方政府赠送的，很容易作为"反动"的东西被毁掉，竟然能够保存得很好，不能不算是一个奇迹。胡适书房里有他小时候读书用过的桌椅，相当暗淡陈旧，据说是当年的真东西。

　　在这里我们被告知，胡适是个"神童"型的人物，早年读书非常用功。我在胡适故居的门口买了一本内部印行的《胡适与故乡》（作者柯家桦，其先辈两代人均同胡适相熟），开篇就写道："胡适回乡入学时虚龄五岁，已认得近千字"，"胡适九岁时偶然在私塾后一卧室中发现一本《第五才子书》，引起他看小说的兴趣，于是向同学特别是胡近仁借阅或交换小说看，渐成习惯。后当胡适离开家乡时（按，在1904年，虚十四岁）已看小说三十多部，这不但为他以后写作白话文奠定了基础，而且增强他推广白话文的决心"。

建议在胡适的破书桌上增加几部他当年看过的小说，原件大约难找了，随便放几本老本子的小说就行，其中一定要有所谓《第五才子书》，也就是金圣叹评点的七十回本《水浒传》。胡适对《水浒传》的考证是人们非常熟悉的。

贞节牌坊·民歌·思想家

贞节牌坊这东西过去很多见，我小时候在故乡泰州就看到不少，那时不大明白这东西为什么建，有什么用，只知道它是认路的一个重要标志。各地的牌坊大抵拆得比较早，往往等不到"文化大革命"之初的"破四旧"，就荡然无存了。原因无非是妨碍交通，有碍观瞻，而且完全是封建主义的东西。所以这些曾经被认为很伟大很神圣的牌坊，现在是难得一见了。

前不久到皖南的黟县去参观作为世界文化遗产的古村落宏村、西递，并顺道往访歙县和绩溪，这里也都是群山环抱中的古徽州属县（除黟、歙、绩溪外，尚有休宁、祁门和婺源，凡六县），古建筑很多，民居之外，尤以祠堂和牌坊吸引游客。

这里还相当完整地保存着若干贞节牌坊，如在歙县的棠樾（其地在县城以西六公里）牌坊群现存的七座牌坊中就有一座是"敕建"的"立节完孤"牌坊，为表彰鲍文龄的寡妻汪氏而建，她守节二十年，将儿子抚养成人；一座是"节劲三冬"牌坊，为鲍文渊的继妻吴氏而建，她守节的时间更长，到六十多岁时还主动拿出私房钱来赞助维修鲍氏祖坟。

一个女人在丈夫死了之后不肯改嫁，她有这样的权利；而同时她也有改嫁的权利——这是她个人的事情。但是在封建礼教横行天下的时代，改嫁是不光彩的，会遭到舆论的歧视以至谴责，而守节则会得到鼓励表彰，其中的突出代表甚至会得到立牌坊这样高级的荣誉。这样的导向就逼得寡妇非守节不可了。宋儒早就强调"饿死事小，失节事大"！

至于妻子死了之后丈夫再娶，那是天经地义的；妻子健在，丈夫讨一个以至几个小老婆，也是常见的事情。男人不存在什么失节、守节的问题。封建道德专门严格要求女人，而宽纵男人。这是什么道德标准！鲁迅先生在"五四"时期写过一篇著名的文章《我之节烈观》，结论是"人类总有一种理想，一种希望。虽然高下不同，必须有个意义。自他两利固好，至少也得有益本身。节烈很难很苦，既不利人，又不利己。说是本人愿意，实在不合人情"。文章最后说，他发愿"要除去于人生毫无意义的苦痛。要除去制造并赏玩别人苦痛的昏迷和强暴"，"我们还要发愿：要人类都受正当的幸福"。"五四"新文化运动的一大功劳，就是推翻旧道德，提倡新道德。"五四"以来，妇女解放的潮流浩浩荡荡，贞节牌坊被推倒在地，烧成石灰，那是活该！

当然，保留几座也是好的。凡是不能再生产的东西就是文物，保存下来让后代看看，世界上还有这种推行愚民政策的东西，还有这样不顾人性的时代。总之可以增加见闻，认识历史，同时也就可以更加清醒地面对现实，走向未来。

徽州地区过去经商的人很多，男人出门做生意，往往常年甚至几年不回来，死在异地他乡的人也就比较多——寡妇比较多。在这里大建其贞节牌坊，就当时的统治者来说，不失为提出一种具体形象、生动有力的价值导向：好好守节吧，将来也给你建一个牌坊！

与高大庄严的牌坊相映成趣的是徽州地区古老的民歌，这里唱的完全是另外一种调子。其中有一首《寡妇门前多冤家》是这样唱的：

> 十指尖尖白笋芽，肩挑祭盒手拎茶。
>
> 坟前点了一炷香，哭得眼泪湿青衫。
>
> 当初劝你嫁给我，日里种田夜绩麻。
>
> 偏要嫁个生意客，一封死信捎来家。
>
> 你进不能进，退不能退，身子悬在半山崖。
>
> 有心帮你把绳解，哎呀呀，寡妇门前多冤家。

可见当时也有人想冲破封建道德的束缚，过正常人的生活，但是这很难，眼前的牌坊就给了人们很大的压力。

商人的妻子更多的是要忍受长期的离别。徽州民歌里写这个方面的更多，主题无非是追求正常人的生活、普通人的幸福。有这样两首，措辞坦率无隐，强烈地反映了民间妇女的心声：

> 送郎送到庭院前，望见庭前牡丹花。
>
> 郎哥啊，寻花问柳要短命死，黄泉路上我也要与你结冤家。
>
> ——《送郎》

> 斜倚门框手叉腰，望郎不回心里焦。
>
> 望年望月望成双，单望那床几驮妹，妹驮郎。
>
> ——《歌哭词》

在封建礼教大行其道的时代，也曾经有杰出的思想家对专门压迫女性的伦理道德提出质疑，其中最著名的一个是大学者、大思想家戴震（1724—1777），他主张"理存乎欲"，反对程朱理学竭力强调的"存天理，灭人欲"。在著名的《孟子字义疏证》一书中戴震沉痛而激昂地写道，宋儒的"理欲之辨，适成忍而残杀之具"，"尊者以理责卑，长者以理责幼，贵者以理责贱，虽失，谓之顺；卑者、幼者、贱者以理争之，虽得，谓之逆"，所以社会生活中最可怕的事情就是"人之死于法，犹有怜之者；死于理其谁怜之"！他这些议论中显然包含了为妇女（最受压迫的贱者）请命的成分。稍后又有一位著名学者、思想家俞正燮（字理初，1775—1840），尤其肯直接替妇女说话，他的《节妇说》《妒非女人恶德论》（《癸巳类稿》卷十三）、《女》《妻》《女人称谓贵重》《出夫》（《癸巳存稿》卷四）诸文，直截了当地为妇女鸣不平，议论大为超前，《节妇说》有云："古言终身不改，身则男女同也。七事出妻，乃七改矣；妻死再娶，乃八改矣。男子理义无涯涘，而深文以罔妇人，是无耻之论也。"这简直是主张男女平等。所以周作人对他评价极高，说是"俞君生嘉（庆）道（光）时而能直言如此，不得不说是智勇之士"（《秉烛谈·关于俞理初》）；又赞扬其人"见识乃极明达，甚可佩服，特别是能尊重人权，对于两性问题常有超越前人的公论"（《秉烛后谈·俞理初的诙谐》）。

戴震、俞正燮都是安徽人，所以人们称他们为汉学中的皖派。我到徽州去玩了一趟以后，想起他们更具体的籍贯：戴震是休宁人，俞正燮是黟县人，都在徽州的范围之内，于是忽然悟得他们为什么那样肯为妇女说话，那样激烈地反对理学——这显然同他们在故乡看到过太多的不幸的妇女，看到过太多的贞节牌坊不无关系。思想家和他们青少年时代生活过的地方往往有着十分密切的联系，这一点往往被人们忽略——我自己过去就非常大意，严重地忽略了。

统治者忙于下圣旨，竖牌坊，民间妇女大唱其凄凉哀婉的伤心之歌，思想家则深刻地思考其中的是是非非。即使是思想禁锢最严密的时代，也从来不曾有过所谓舆论一律。牌坊可以建得很高大、很坚固，而思想总是禁不住的。

不必一定"凌绝顶"

今年（2005）五月到河南新乡参加一个学术研讨会，会议结束后承蒙主人的盛情，我跟着与会的队伍去了一趟离新乡不远的辉县八里沟。这里是太行山的著名景点，山体为三级绝壁，峰高谷深，沟壑千仞，由山泉形成的瀑布飞流直下，落差有二百多米。能够有机会顺便看一看这著名的"太行天瀑"，当然是很令人兴奋的。

临去前组织者很客气而且严肃地宣布了一条纪律：只能爬到瀑布下面一带，再往上便是第三级绝壁，太陡峭了，与会诸位中有些年纪比较大的，不宜冒险，而且时间也来不及爬到顶，要求大家务必同意这一条。客随主便，当然同意，但也有几个年轻人觉得太没劲了，我也很觉得有点遗憾——照此办理就不能"一览众山小"了。

爬到"太行天瀑"之下，景色绝佳，令人流连不忍舍而去之。在这里可以看到对面的峭壁悬崖上有若干像蚂蚁一样的小人儿沿着"天梯"，即一条几乎直上直下的栈道向上挪动，对这些正在努力攀登绝顶的英雄我们非常仰慕，但既然要遵守事先的约定，当然不能提出更高的请求，何况也已经力不从心了——一个重要的征候是，此时

187

已经稍感疲劳，而下山以后小腿酸疼，回家以后过了两三天才恢复过来。

由此我深感自己是老了，虽然在同行者之中也还有一两位比我更年长的。

由此我又想到曹操著名的诗句"老骥伏枥，志在千里。烈士暮年，壮心不已"，过去总觉得此诗写的是诗人的雄心壮志，现在才明白他写的其实是英雄好汉的力不从心；他的意思是说有这样的雄心已经够了，不一定真的去千里骏奔，奔不动了——这种心态显然有着悲凉的成分，而又不失其达观。这里甚至有着精神胜利法的基因，但仍然是积极的、动人的。

能够爬到绝顶当然是一件惬意的事情，但这不是每个人都能做到的。不登绝顶其实也没有什么大关系，尽到力也就是了。高吟"会当凌绝顶，一览众山小"的杜甫就没有爬到泰山顶上，所以他才说这话，所以那诗的题目才叫《望岳》。真的到了顶，恐怕反而写不出这样的佳句来。

各行各业也都有各自事业上的绝顶，这里同样也只有少数人或个别人能够上得去——全能上得去，那也就不称其为绝顶了。上不去也没有什么了不得，尽到自己的力、问心无愧也就可以了。当然，这里看人的一个重要测量标准是，你想不想上，是否作过努力；一定要有向上的意思，只是不一定非达到不可而已。

不想当将军的士兵不是好士兵。反过来说，每个士兵都当上了将军的军队是不可想象的军队，同时也一定是没有战斗力的军队。

非登绝顶不可，固然能够催人奋进，但是弄不好也很容易使人精神过度紧张，以至出现病态。考试非争第一名不可，比赛非拿金牌不可，装修非要压倒全体邻居不可，买车非买极品不可，坟墓非要做大不可……累不累啊？尽到力也就行了，自己觉得合适也就足够了。我们是为自己而生存，并非为最高、第一、冠军等而活着。适合自己就是幸福，追求过量难免成为病态。在竞争日趋激烈的今天，最好能想清楚这样的道理，如此则可以避免自寻烦恼，而获得愉悦和潇洒。

天天挂大红灯笼的地方

——访祁县乔家大院

早些年看电影《大红灯笼高高挂》的时候，觉得那故事倒也罢了，无非是豪门之内妾妇争宠、钩心斗角，终于毁灭的那种老一套。但是作为场景的建筑物实在很有特色：一房姨太太一座四合院，几座精美绝伦的院子套装在一个大院落之内，彻底地封闭起来，恰好可以不为外人所知地窝里斗，而那阴森森的角楼也正是可以让牺牲品死得无声无臭的所在。

后来才知道，这大院子乃山西祁县的乔家大院，电影一炮而红，以后这里成了著名的旅游景点，从四面八方来观光游览的中外游客接踵而至，而院子里也理所当然将电影中富有象征意味的大红灯笼高高挂起：既不点灯，也不吹灯，更不封灯，就那么红红火火地天天挂在那里。

山西的豪宅大院多得很，祁县城里的渠家大院有八个大院子，比乔家大院多出两个，而且更加近代化；灵石的王家大院历史悠久，更加气派，号称"华夏第一宅"；榆次的常家庄园有房屋3500余间，规模之浩大简直绝无仅有——但它们因为没有沾到那些名演员扮演的姨太太的灵气，名声都远不能像乔家大院这样显赫。

姨太太在文艺作品里历来有比较重要的地位，一如妓女特别是名妓女往往有相当高的位置一样。

导演张艺谋的眼光，乔家大院的魅力，都不能不让人佩服。

最近我有机会随团游览山西，大开了眼界，也随喜看了看这大红灯笼高高挂的乔家大院，尽管楼上不让看，但已经深感电影选景选得好：不大不小，完全封闭，恰恰可供几位姨太太在里面斗法。不管外面的世界多么丰富多么精彩，自己院子的门口点起灯来就是她们的最高目标，即便是大学生出身的四太太也走不出这一牢笼。生存空间一小，思维空间也就大不了。姨太太既然如此，女仆也就以她们为样板，偷偷地在自己的小屋子里点上几盏小红灯笼过一把瘾。《红楼梦》里的袭人其实也是这样的人物，只不过她文化多一点，大观园里也有比较大的回旋余地罢了。在现实生活中，关起门来为一点名利而苦斗的事情亦复时时可见。

听导游讲，祁县乔家本来很穷，大院的发迹始祖是个"走西口"——到内蒙古做小生意的穷小子，慢慢发迹变泰，到他的孙子乔致庸（1818—1907）这一辈才真正阔气；乔家从乾隆年间起到1920年左右逐步盖起大院子来，经营了一百多年，才盖成了我们现在看到的大院。高明的是院子看起来结构合理，一气呵成。在建筑学上，大约很有值得总结借鉴的地方罢。

乔家家规很严，其中一条是严禁纳妾，乔家几代人，都没有什么姨太太。一般来说"富不过三代"，而老乔家能维持其高端运行达六代之久，直到20世纪50年代初才因为巨大的社会政治变动垮下来，没有姨太太在里面打岔、乱斗，实为原因之一。

据说乔家的家规除了列为首条的不准纳妾之外，还有五条：不准虐仆，不准嫖娼，不准吸毒，不准赌博，不准酗酒。六个"不准"，这是很好的规矩，现在不少商人和干部好像也还没有做到。

在一个曾经不准纳妾的大宅门里，大演妾妇争宠的故事，这是一个很奇怪而且大有意味的选择，不知道张艺谋在这里面有没有隐藏着什么特别的讽喻。据说此人历来是老谋深算的，尽管他执导的电影似乎是越来越不带劲了。

沙家浜一瞥

　　长三角水网地区的乡镇以及街道用某某浜为名的很多，而闻名遐迩的沙家浜却出于剧作家们的杜撰。故事的原型发生在江苏常熟的横泾镇，又名芦荡——这里是一片沼泽地，生长着密密麻麻的芦苇。抗日战争期间新四军有36名伤病员在此养伤，得到乡亲们无微不至的关怀，后来全部病愈，重上战场。早就有人写文章讲那一段军民鱼水情深的故事，后来又搬上舞台，经过一番复杂的变化，终于成了"样板戏"之一，红极一时，其中几个精彩的片段至今仍传唱不衰。

　　于是聪明的常熟人干脆将横泾镇正式改名为沙家浜镇，建起了沙家浜革命历史纪念馆（现为全国爱国主义教育基地）以及史料馆、场景馆（陈列"智斗"一场那三个人的蜡像等），还有好几处春来茶馆；近年来又建起了一处完全仿古的"芦花村"，许多影视作品借这里为场景或背景来拍摄。我到沙家浜观光的这一天，里面正有大批工作人员在忙碌着，圈起一块地方禁止闲人入内——大约又有什么新作快要问世了吧。

我辈在三四十年前听"样板戏"听得太多太多，早已不想再听，而沙家浜这个地方却很想去看一看：既接受革命传统教育，也有"到此一游"的意思，即所谓"红色旅游"是也。最近忽有机缘，随团往访，虽然只停留了几个小时，匆匆看了几眼，却留下很深很美的印象。

印象最深的就是那一望无际的芦苇荡了。沙家浜靠近阳澄湖，周围全是大片的沼泽，因为围湖垦田的关系，水面现在据说已经大为缩小，但仍然相当可观。芦苇很密，看不到边，除了若干大片的湖面之外，在周边成片成片的芦苇丛之间湖水变成小河汊，像迷宫一样不容易找到出路。我和几位年轻人乘一条小船下了水，湖面上非常清凉，弯着腰的苇尖子打进船里来，被船窗一挡又弹回去，大有草木皆兵的意思。同行者有些人被请上了大船，比我们早到目的地，而同时也失去了在芦苇丛中穿行的乐趣。

这里卖的旅游纪念品，有好几种是用芦苇作的画，非常精细雅致，可惜价钱很不便宜，旅途中也不大好带，买的人不算多。

京剧《沙家浜》当然是这里的主题，进入风景区之前，不止一座广告牌上都大书"前面就是——沙家浜"，这本是剧中的一句台词，用在这里指路且兼宣传，非常贴切，引人入胜。在风景区腹地有一家最大的春来茶馆，门前是一小小的广场，对面的一座老式戏台上每天下午二时起开演京剧《沙家浜》片段。我们也随喜看了一点。几个角色都由当地业余演员来唱，水平很不错。在这里看《沙家浜》，总觉得味道更好，更地道，舞美、服装、道具简陋一点都无所谓。可惜春来茶馆的茶价格甚高，泡一杯最低 15 元，高档的要 40 元，只有阔人才喝得起，殊非"招待十六方"之意。肯泡茶的游客很少，绝大部分游客就那么站在广场上白看，干看，久站不便，陆续走散；演员失去观众，好像唱得也不如开始时那么来劲了。

　　建议沙家浜茶馆大幅度降低茶价，吸引顾客坐下来好好听戏。薄利多销，必有更好的效益。开水并不值钱，只需多垒几个七星灶，多添几把茶壶就是了。

东山五祖庙的菩提树

中国的禅宗自五祖弘忍（601—674）以下分成南北两宗，关系非同小可。弘忍两个弟子——神秀与慧能——写的那两首偈子，是人们耳熟能详的。神秀的观点相当有道理："身是菩提树，心如明镜台。时时勤拂拭，莫使有尘埃。"这就要不断地修行，慢慢领悟佛教的真谛；而慧能则更为彻底，这个本来在庙里舂米干粗活的小人物竟然能将佛教的基本观点发挥到了极致："菩提本无树，明镜亦非台。本来无一物，何处惹尘埃。"四大皆空，即性见佛，既无须念经拜佛，也不必不断改造自己，一旦顿悟，立地成佛。于是弘忍打破常规，将衣钵传授给他，大弟子神秀反有向隅之悲。

据敦煌本《坛经》，慧能的偈子原有两首，与传世的通行本略有不同——

> 菩提本无树，明镜亦非台。佛性常清净，何处有尘埃。
> 身是菩提树，心为明镜台。明镜本清净，何处染尘埃。

两首有点重复，语句质朴，大约更近于原貌。总之，这位后起之秀同大师兄神秀最大的不同，就在于对于禅法有不同的见解。慧能反对"时时勤拂拭"那种笨办法，认为没有必要，因为佛性就在人心之中，本来就不着尘埃，对此只要能够有透彻的领悟就行了。慧能所开创的南宗后来影响更大，他的办法更加简明易行，可以立竿见影，因此最为国人所赏爱。

神秀与慧能的偈子都从菩提树说起，我本来以为是用了典故——佛教的创始人悉达多（后称释迦牟尼）先前就是在菩提树下得道成佛的，这一点在近贤白化文先生的《汉化佛教参访录》（中华书局2005年版）一书中说得特别明白——

悉达多这时走到尼连禅河西岸一株毕钵罗树之下，敷上刈草人送给他的吉祥草，开始打坐，并发出誓言：如不成佛（取得掌握最高真理的智慧），决不站起。据说在树下坐了七天……悉达多得道成佛。

……此地后来被称为菩提伽耶（意为"证成正觉处"），在今印度东北部哈尔邦加雅城南十一公里处。毕钵罗树被特称为菩提树（意译"觉树，道树"）。

神秀与慧能既然在弘忍大师门下多年，自然通晓这一类佛家的熟典。可是最近我有机会到湖北黄梅县东山参访五祖庙，才明白这里不仅有古典，而且有今典：在这里的庙门之外，正有一株非常古老的菩提树！据庙史，这门口本来就有这么一株，现在所见到的这树是不是唐代的原树不大弄得清楚，但它也很有了一把年纪，老干虬枝，根深叶茂。于是我忽然来了一点顿悟：当年弘忍大师讲论禅法，即以眼前之物为题为喻，考察弟子，安排接班人。

东山庙里有着浓浓的宗教学术气氛，较之现在某些研究生院里只重视上大课做论文似乎更为令人神往。于是我在这株菩提树上摘了一小枝，夹在当家法师转赠给我的一本《梵网经菩萨戒略注》（香港宏大印刷制本公司据宝林禅寺藏版承印，2005 年版）中留作纪念。一共三片叶子，在我的心目中，它们分别代表弘忍、神秀和慧能。

萍踪偶记（二则）

避暑山庄西所

中国历史上策划过阴谋的密室应当是不少的，可惜我孤陋寡闻，竟一间也没有见过，直到后来去了一趟承德避暑山庄，才得以有机会看到150年前慈禧策划"辛酉政变"的那间密室，审视良久，总算看出了一点意思。

这间密室位于烟波致爽殿（皇帝寝宫）西侧一个小小的跨院内，当年是慈禧的住处，名曰"西所"。其主体建筑是一明两暗的平房，开间不大，陈设也不算特别奢华，跟故宫或颐和园的宫室一比，可以说是相当简朴。当初康熙皇帝建承德行宫，本意是为了每年秋天到围场来打猎（实为军事演习）的前后有一个歇脚的地方，同时又可以在这里处理有关少数民族方面的事务，山庄背后所建之"外八庙"也与民族、宗教事务有关。雄才大略的君王大抵没有多少追求享乐的时间和兴趣。

到慈禧的时代，清王朝早已今非昔比，她这一回到山庄来既非为了打猎，也非为了避暑，而是专门来避难的。其时英法联军已经打到北方，威胁京师了，恰恰在这里，她的丈夫咸丰皇帝在签订了几份不平等条约以后短命死矣，太子还只有六岁，权力中枢呈现出某种半真空状态。慈禧决心趁此机会把控制权从几位顾命大臣那里夺到自己手上来，为此这个不寻常的27岁的女人和她的亲信们就在这三间小屋里制定了周密的谋略。等到咸丰的梓宫运回北京，西所的预谋迅即次第实施，肃顺等八位顾命大臣统统被撤职，稍后或死于非命，或废为庶人，于是改元"同治"，垂帘听政的局面就此形成。这一听就是半个世纪，把大清王朝拖到了山穷水尽的地步。

如果这西所不成为阴谋的巢穴，此后中国的情形将如何？实在难说得很。历史就是历史，它难以猜测，尤不容假设。

慈禧是一个讲究享乐的人，在三间密室前面有几间小房子，当年大约是住宫女的，现在陈列着慈禧用过的种种小件物品：她的梳妆匣是进口的西洋货，其中有成套的精美绝伦的梳子，又有眉笔和口红；她抽的香烟也是进口货，又有水烟袋和纸牌，则完全是国粹。看来她在享乐方面是采取"拿来主义"的，中西合璧，土洋并举；而国家主权和民脂民膏，则对洋人实行"送去主义"。

慈禧到避暑山庄就来过这么一次，住了一年多，此后便一去不复返，还特别定了一条规矩："所有热河一切工程，着即停止。"

芙蓉楼

盛唐著名诗人王昌龄有《芙蓉楼送辛渐》七绝诗二首：

寒雨连江夜入吴，平明送客楚山孤。

洛阳亲友如相问，一片冰心在玉壶。

丹阳城南秋海阴，丹阳城北楚云深。

高楼送客不能醉，寂寂寒江明月心。

其一曾多次进入唐诗选本，人们比较熟悉；其二美誉度要低得多，但亦复相当重要，据此可知芙蓉楼在丹阳（今江苏镇江）城北，下临长江。原楼早毁，长江的河床也已经向北移动了不少，而此诗的魅力依然如故。诗中既说此地为"吴"（"寒雨连江夜入吴"），又说是"楚"（"楚山孤""楚云深"），似乎有些矛盾，其实不然，镇江古代先属于吴国，后又曾属于楚国，用更晚的惯用地理术语来说，正在所谓吴头楚尾。在唐代，这里离大海已经不远，所以其二开头一句又说到"秋海阴"。诗人冒雨赶到芙蓉楼，在一个阴晦的早晨送他的朋友辛渐回洛阳，既见出一片深情，又透露出诗人艰难的处境。

两首诗中的警策在于"洛阳亲友如相问，一片冰心在玉壶"。诗人托朋友辛渐向东都洛阳的亲友传递一个信息：自己仍然清白，而且毫不热衷于仕途。这两句诗显然包含着丰富的潜台词。此诗作于天宝初年，其时王昌龄官任江宁（今江苏南京）丞，而不久后即被贬为龙标（今湖南黔阳）尉。殷璠《河岳英灵集》卷下载，王昌龄"晚节不矜细行，谤议沸腾"，而《唐诗纪事》卷二十四引殷璠评王昌龄语，却说他为人"孤寂恬淡，与物无伤"——"孤寂"很容易被视为骄傲自大、目中无人，在一个政治腐败、风气不正的时代，这样的人很容易被中伤以至被诬陷。当年的详细情况现在已经不大能弄得清楚，总之，此时王昌龄的处境已经相当困难，而他并不打算一一为自己辩解，只说了一句"一片冰心在玉壶"，既声明了清白，也表示不以官职的去留为意。傲骨凛然，而出言温润，此其所以为名句也。先前刘宋诗人鲍照有句云"清如玉壶冰"（《白头吟》），这里灵活地加以运用，并有所生发，更其显豁，从此"一片冰心在玉壶"就成了一句名言，被引用的频率很高。

就在芙蓉楼送走辛渐以后不久，王昌龄被贬为龙标尉。李白听到这一消息后写过一首著名的七绝《闻王昌龄左迁龙标遥有此寄》："杨花落尽子规啼，闻道龙标过五溪。我寄愁心与明月，随君直到夜郎西。"对这位落难的朋友充满了同情。另一位友人常建在王昌龄去龙标的途中同他见过一面，更直截了当地为他鸣不平，诗中有"谪居未为叹，谗枉何由分"（《鄂渚招王昌龄张偾》）之句。

唐代的芙蓉楼早已不存，近年来镇江人重建此楼于中泠泉（亦称"天下第一泉"）景区之内，下临塔影湖，与金山寺宝塔隔湖相望。（按，当年金山位于长江之中，然则芙蓉楼今址当与其原址相去不远，而且我们不妨就将这塔影湖想象为当年的江海交汇之处）不久前，我曾有机会到此新楼登临览胜，临窗四望，波光云影全在襟袖间，湖风送爽，俗虑顿去。楼很宽敞明亮，二楼楼壁上大书王昌龄的这两首诗，朗读一过，令人不禁生"冰心玉壶"之意。

谒成都武侯祠与杜甫草堂

  诸葛亮与杜甫是历史文化名城成都的两尊神。早就听人说过，如果不去瞻仰武侯祠与草堂，就等于没有到过成都。今年夏天于役四川，时间非常之紧，于是便放弃其他一切，迫不及待地到这两处去拜谒了一番。

  这两处圣贤遗址都确实在原来的地方，其历史传承班班可考。尽管其中也经历过复杂的变化，但凭吊这样的地方，鲜活的历史感仍油然而生。

  蜀中为贤明的丞相诸葛亮立祠祭祀是很早的事情，其间也曾有过斗争。史称"亮初亡，所在各求为立庙，朝议以礼秩不听，百姓遂因时节私祭之于道陌上。言事者或以为可听立庙于成都者，后主不从"（《三国志·蜀书·诸葛亮传》裴注引《襄阳记》）；双方较量到蜀汉灭亡的那一年（景耀六年，263），阿斗终于勉强同意在沔阳为诸葛亮立庙，这时离诸葛亮之死（建兴十二年，234）已经过去三十年了。诸葛亮生前对小皇帝——后主刘禅（一般都叫他的小名阿斗，一个无可救药的糊涂虫）忠心耿耿、管束甚严，其良苦用心集中见之于《出师表》；诸葛亮一死，阿斗就实行报复，而到行将完蛋前夕却又想借助于同意为丞相立庙来争取人心，不免太晚了一点。仅此一事，就十足地表现了后主的昏聩和他那一点可怜巴巴的小聪明。

像诸葛亮这样千古难逢的贤相，仅仅在地方上立庙分量显然不够，所以后来到李雄割据蜀中的时代（303—334）就在成都修了庙，东晋时更成为国家承认的正式的祠堂，从此遂为一方名胜。杜甫在成都时写过一首著名的七律《蜀相》：

> 丞相祠堂何处寻，锦官城外柏森森。
>
> 映阶碧草自春色，隔叶黄鹂空好音。
>
> 三顾频烦天下计，两朝开济老臣心。
>
> 出师未捷身先死，长使英雄泪满襟。

可知丞相诸葛亮的祠堂在成都（锦官城）城外，古柏森森，花草繁盛。因为城市在扩大，现在人们所看到的武侯祠在市区内的刘备的墓园（惠陵）及庙宇里面，大门口的匾额仍大书"汉昭烈庙"四个大字，但这个地方大家都不叫它先主陵或先主祠而称为"武侯祠"，它给人留下深刻印象的也以纪念诸葛亮为主。惠陵仍在，一个老大的土堆子，没有什么看头，游人甚少。我倒是进去转了一圈，匆匆而出。

一处地方两个名字是怎么一回事呢？导游有过简单的介绍，因为离得比较远没有听清楚，出门时买了一本成都武侯祠博物馆编写的专书①，拜读以后才弄明白，原来情况是大约在南北朝时期，成都人把

---

① 谢辉、罗开玉：《三国圣地武侯祠》，成都：四川人民出版社 2007 年版。

专门纪念诸葛亮的祠堂搬到了惠陵和昭烈庙的旁边，合二为一。蜀汉的君臣在这里相聚，倒也是一件盛事。有意思的是，这里面有诸葛亮、刘备、关羽、张飞以及诸多文武大臣的塑像；在专门供奉刘备的大殿里，右边有他的孙子刘谌（他在蜀汉覆亡时自杀殉国），而左边本应是后主阿斗的位置却是空的——这显然是因为他投降了曹魏，而且"乐不思蜀"①，有负于祖宗和社稷，没有资格在这里接受祭拜了。

这一组建筑原称"汉昭烈庙"，历代维修，以迄于今，但人们一向称之为"武侯祠"。杜甫诗中的第一句就道"丞相祠堂何处寻"，而没有提什么惠陵或昭烈庙，可见这一传统之悠久，更可见公道自在人心，民心决不可逆。

杜甫当年的草堂本来不过是浣花溪畔匆匆搭成的几间茅屋，但诗人太伟大了，再破的屋子也有崇高的纪念价值。纪念性的草堂最早是由晚唐诗人韦庄在那原址上重建的，当时他担任西川节度使王建（唐亡后称帝，是为前蜀）的秘书。据韦庄的弟弟韦霭说，杜甫草堂"虽芜没已久，而柱砥犹存。因命芟夷结茅为一室，盖欲思其人而成其处，非敢广其基构耳"（《浣花集·序》）。修旧如旧，这个方针极好。现在人们看到的草堂仍然是几间茅屋，屋内的陈设也非常简朴，以至于寒酸，这是好的。杜甫的诗写得极其漂亮，而生活水平一直很低，晚年尤其潦倒。"诗穷而后工"，大约是虽有例外总归甚少的一条规律。

现在的整个成都草堂是一个很大的公园，游人虽多，并不拥挤，有些角落非常安静。这里花木扶疏，梅花和桂花尤多，还有许多高大的古楠，竹林也很大很美。成都很热，而这里的水边林下却是一个清

---

① 详见《三国志·蜀书·后主传》裴注引《汉晋春秋》。

凉世界。因为时间的关系，我只在主要的几处走马观花地转了一圈，来不及细看。在这里最好能有一整天的时间，细细瞻仰玩味。

公园里名人题咏极多，来不及抄录，有两副对联印象最深，一副是朱德元帅写的——

<blockquote>草堂留后世，诗圣著千秋。</blockquote>

非常简明切要。还有一副是郭沫若先生写的——

<blockquote>世上疮痍诗中圣哲，民间疾苦笔底波澜。</blockquote>

总结得也非常之好。郭老自己也是大诗人，与杜甫自能心心相印。他后来在浩劫之时专门写书大批杜甫，连那几间可怜的茅屋也没有放过，恐怕实为违心之论，想必有其隐衷，我们还是相信这副对联对杜甫的崇高评价是他的真心话。

绍兴土谷祠

前不久到绍兴去开会，一大收获是参观了鲁迅故居，意犹未尽，又顺便看了看长庆寺和土谷祠。从新台门前面不远处转弯，走不很远就是长庆寺，很有兴趣地进去随喜了一番——这是一个非常小的庙，但此乃鲁迅不到一岁时拜和尚为师的地方，并得到一个法名叫"长庚"（详见《且介亭杂文末编·我的第一个师父》）。庙不在大，有佛则灵。再往前走几步，则是同样油漆一新、近乎金碧辉煌的土谷祠，祠也不大，两廊挂了一组以《阿Q正传》为素材的版画。据说小说里的阿Q就住在这里，或诸如此类的地方。

不看不知道，一看有收获。一是深感现在的土谷祠太亮丽了，最好修旧如旧，不然阿Q哪里有资格住在这里；二是忽然悟得《阿Q正传》的描写确有过火的地方。按小说最后写阿Q被捕时，把总率领大批人马前来捉拿他——

那时恰是暗夜，一队兵，一队团丁，一队警察，五个侦探，悄悄地到了未庄，乘昏暗围住土谷祠，正对门架好机关枪；然而阿Q不冲出。许多时没有动静，把总焦急起来了，悬了二十千的赏，才有两个团丁冒了险，逾垣进去，里应外合，一拥而入，将阿Q抓出来；直待擒出祠外面的机关枪左近，他才有些清醒了。

这样一个小小的土谷祠，周围的道路也很窄，恐怕实在安排不下三彪人马、五个侦探，机关枪也不大有地方可架。对付一个没有多少名堂的阿Q，似乎用不着如此兴师动众。阿Q入狱后的情形，小说里几乎没有写到，很快就"大团圆"了。如果鲁迅写了，恐怕也难免会有这样漫画式的笔墨罢。

曾经有人指出，捉拿阿Q这一段描写不免过火，同全文的现实主义风格有点不一致；鲁迅似有默认之意，但到1925年他忽然写了一封公开信形式的文章为自己辩护，该信先引用近事，略云："……报上有一则新闻，大意是学生要到执政府去请愿，而执政府已于事前得知，东门上添了军队，西门上还摆起两架机关枪，学生不得入，终于无结果而散云。"接下来就大发议论道，学生请愿不过"怀中一纸书"而已，从来没有闹过什么乱子，段祺瑞执政府却如临大敌，戒备如此森严；"阿Q的事件却大得多了，他确曾上城偷过东西，未庄也确已出了抢案。那时又还是民国元年，那些官吏，办事自然比现在更离奇……那时的事，我以为即使在《阿Q正传》中再给添上一混成旅和八尊过山炮，也不至于'言过其实'的罢"（《华盖集·忽然想到（九）》）。这实在是一段绝妙好辞，意思在于讽刺此时的执政府，谈《阿Q正传》不过用作话头而已。如果拿这段话来考量小说的艺术分寸问题，则失之远矣。

后来鲁迅在 1927 年 8 月 8 日写给章廷谦的一封信里说："我当做《阿 Q 正传》到阿 Q 被捉时，做不下去了，曾想装作酒醉去打巡警，得一点牢监里的体会。"不知道这是真话还是他的玩笑。此事没有实行，阿 Q 下狱后的情形遂付缺如。

没有直接的观察和真切的体会，写小说时弄不好就容易分寸吃不准，则确有这么一回事。

旅游购物的乐趣

　　跟着旅行社组织的团队出游有许多方便之处，食、住、行都由他们来安排，人多了也显得热闹，还能结识不少新朋友。但旅行社也自有它的规矩，当地的导游除了带领游客游山玩水之外，还一定要带你去购物，术语谓之"参观项目"。

　　有一回到西南一旅游胜地去玩，第一次"参观"之前，我们的"地导"对游客们恳切地说："大家都是走南闯北的人，大约会觉得我带你们去购物一定能拿到不少回扣，其实有点劳务费是社里的正常收入，我们不过在一线跑跑腿而已。我们这里，街上假冒伪劣商品很多，往往漫天要价，专门欺负外地游客，大家一定不要上当。我领大家去的商店，都是大店，信誉好的，绝对没有假货，绝对可以放心。至于价格嘛，现在是市场经济，可以随便还价，愿买愿卖就行。只是我不能帮你们砍价，按规矩我不能干这件事，何况你们这么多人，我帮谁好呢？说不定我帮你把价钱压下来，你反而会认为我和店家勾结起来糊弄你们，岂不冤枉？如果大家不想买什么东西，也没有关系，参观一下，学点鉴别商品真伪的知识也好嘛！如果你对这种知识也没有兴趣，那就在里面喝喝茶，休息休息，到约定的时间咱们一起上车。"

这些话合情合理，大家很爱听。

那些商店的服务真是好。游客进门，先导入休息室，请坐，上茶，然后听一位专家——衣襟上挂一卡片，写明姓名和身份，其中颇有白头发的退休教授——讲课，介绍该店商品的有关知识。专家们都很有水平，讲得深入浅出，头头是道，偶有术语，必作解释，所以倒也不难理解。回答参观者的问题尤其明白晓畅，要言不烦，令人心悦诚服。在珠宝店，那位中年专家讲如何鉴别真假翡翠，极得要领，我自己听了就觉得获益匪浅。知识总归不怕多。专家们口不言钱，有人问起价格，他们一般总是说："记不得了。从理论上来说，价廉物美是不可能的，东西好价钱就高，也有便宜的，货色肯定要差一些。这里花色品种太多，都是什么价钱我也弄不清楚，店堂里都有明码标价，大家放出眼光，自行选择。我只能讲点常识，难免贻笑大方，还请诸位指教。"商店里竟能有这样纯粹的学者，令人肃然起敬。喝完茶听完课这才进入店堂，大厅富丽堂皇，商品琳琅满目，店员服务态度极好，顾客人头攒动。许多本来没有购物计划的游客也为这里热烈的气氛所感动，又觉得许多特产确实物美价廉，纷纷解囊，唯恐失之交臂。讨价还价之声洋溢了整个大厅，令人心动神移。我本来是打算什么都不买的，结果还是买了一点当地茶叶，不要空着手嘛！许多人买了高级珠宝和名贵药材；女同胞们的干劲尤其惊人，大包小包，收获累累；其中有人几乎见什么买什么，拎得汗流浃背而仍然唯恐有失。上车以后大家纷纷夸奖自己所买的宝贝，拿出来互相比试，一路笑语喧哗，其乐融融。

我的一个熟人和我一样，在商店里也没有买什么正经东西，一天晚上逛街，却从一个小贩手里买了一条项链给他的孙女，价钱只有大商店里的四分之一。小贩说："旅游商店里卖东西，一层一层的都要分肥，它非贵不可，我这里就是我这一层，所以便宜。有人以为一便宜就是假的，那就只好去当冤大头了。现在的世道很古怪，你简直没有办法！"

这话听上去倒也合情合理。"小贩"与"骗子"绝对是两个不同的概念！

回宾馆以后，一位新朋友拿出自己买的大店项链与这一条小贩项链进行比较，几个人聚在一起，运用刚刚学来的珠宝知识反复研究，一致确认：其材料属于同一档次的地产玉石，好听些一般也可以称为翡翠，做工则同样精细。

澳门印象

2012 年 11 月底至 12 月初，我应澳门社会文化发展研究会之邀，参加了"澳门文化产业的发展与展望"研讨会。其间承蒙主人的盛情，安排半天时间在澳门市区兜了一圈，参观了两间博物馆，很开了点眼界。

首先当然是去看澳门的地标性景点大三巴牌坊。这座所谓牌坊本来是圣保禄教堂（亦称天主圣母教堂）的前壁，建成于 1602 至 1637 年间，造价白银三万两。到 1835 年，一把大火把教堂以及旁边的修道院烧得精光，只剩下一座花岗岩建成的前壁，有点像中国的牌坊了，而其风格基本是西方巴洛克式的，但其中也有中国元素，如上面有菊花图案，还有一对麒麟，大家就称之为"牌坊"。"三巴"是"圣保禄"（S. Paulo）当时的广东话译音；在澳门圣若瑟修院区还有一座比较小的"牌坊"，于是这里就叫"大三巴牌坊"。凡到澳门来的人，没有不来这里观光的。

牌坊之前游客如潮，人头攒动，简直走不上前，想拍照片也很难取景，我们作一短暂的停留就匆匆离去。后来我在澳门理工大学对面的星光书店买了一件以大三巴牌坊为内容的装饰品——一个小小的大三巴牌坊金光闪闪地嵌在紫色硬木上，花了澳门币 216 元。澳门币与人民币的比价大约是一百比八十几，所以这件小小的装饰品虽然相当漂亮，但将近两百元，也未免太贵了！在离开澳门之前总得把身上的几张澳门币花光，也就不去计较了。在旅游胜地买纪念品，是一定要花些冤枉钱的，大家明知这个道理，仍然不惜工本，无非要给"到此一游"留下一点可作纪念的痕迹，而唯其如此，旅游经济学才弄得下去。

此行收获最大的是看博物馆。澳门博物馆建在大三巴牌坊旁边炮台山的山坡上，山顶原来是葡萄牙耶稣会士修建的大炮台，到 1965 年改建为气象台，1998 年大加改造，在其旧址的山坡上修建了一座三层大楼的博物馆。这建筑体量很大，内部结构非常复杂，曲曲折折，转弯抹角；布展的内容非常丰富，我们也来不及细看，只是走马观花地转了一圈，能看得稍微仔细一点的只有关于早期来华传教士罗明坚（1543—1607）、利玛窦（1552—1610）以及中国近代著名思想家、《盛世危言》的作者郑观应（1842—1921，他是澳门本地人，其祖居保存至今，称为郑家大屋）等一小部分。

博物馆的最上一层与炮台齐平，这里还保留着相当多的老式大炮。当年面向大海，如今填海造地盖了许多高楼大厦之后，在这里已经不大能看到海，只是俯瞰大三巴牌坊非常清楚，密密麻麻都是游人的头顶。

一边是教堂，一边是炮台，葡萄牙人当年这两手都很厉害。他们占住这里四百年。

龙环葡韵住宅式博物馆在氹仔（"龙环"是氹仔的旧称）的海边马路上，是一排葡萄牙式住宅，一共五栋，一字排开，三栋二层楼；另两栋只一层，但与二层的差不多高，风格一致，统统漆成翠绿色，看上去很是醒目漂亮。据说这些建于 1921 年的老房子原来是葡萄牙官员的住宅，现在辟为博物馆，但只开放其中四栋，称为"迎宾馆"的一栋大门紧闭。四栋中有一栋是展览馆，墙上挂满了照片，介绍居住在澳门的葡萄牙人各方面的情况，但实在来不及细看；另外三栋分别是"土生葡人之家""海岛之家"和"葡萄牙地区之家"，其中除了原先的家具摆设之外，各有一个中心内容，如服饰、民俗等。因为是星期天，又因为是免费参观，而游人很少，因此也没有人讲解——只每栋各有一位门卫，大约都是土生葡人（出生在澳门的葡萄牙人与东南亚人的混血，外观似乎颇近于印度人），讲一口澳门口音的广东话，也会讲普通话，方言味道很浓，但可以听得懂。这里的建筑、装修、家具都完全是南欧风格，简洁明快；而地板和楼梯所用的木料非常讲究，似乎是未经油漆的硬木，虽然历纪百年，但仍然毫发无损。给我印象更深的是屋前一排高大苍劲的菩提树，树干上挂的牌子写着"假菩提树"，树是真的，而其品种与一般的菩提树略有区别，所以被称为"假菩提树"云云。这是怎么回事，我没有完全弄清楚，只觉得这一排老树别有风味，似乎是电影里看到过的修道院中物。

　　不远处有一间小教堂，一间结婚登记处，隔着小广场门对门。正有一对新婚夫妇在教堂门口拍照片，显然是华人。澳门的民俗全然是中西合璧的，葡萄牙餐馆里也有中国菜，甚至有扬州炒饭；中国酒楼里也颇有西式的菜肴和点心。会议期间我吃过一次据说是地道的葡萄牙菜，味道怪怪的，不知道是什么香料，又放得太多，令人不大习惯；特别是一种"葡萄牙鸡"，最不敢恭维。据一位去过葡萄牙的会议代表说，在葡萄牙本国，没有见过更没有吃过这种做法的鸡，很可能是东南亚的风味，因此最为土生葡人所爱重。

　　我是第一次来澳门，行前特别看了一本《澳门文化之旅》，算是"备游"（相当于备课、备考）。又想起很多年前写过一篇短文《我所收藏的澳门硬币》（《泰州日报》1999 年 9 月 10 日），特别从电脑里调出来看，其中提到有一次我在深圳召开的什么会议上得到过一份《中国钱币·中港澳流通硬币鉴赏》的纪念品，因为没有注意验收，其中少一枚二毫的澳门硬币。我在那小文章中大发议论道：

> 这些钱币行将成为古董，大有收藏价值。凡是不能再重复产生的东西，一概有收藏价值。收藏这件事并不难做，难的是齐全，无论收藏什么都是如此。澳门硬币一共不过五种，我就只有四种；但随便看看玩玩，少一种也没有什么大关系。
>
> 做事情就怕求全。十全是很难的，收藏品中种类更多的东西如邮票，如火花，要求全就更难了——几乎不可能。如果并不求全责备，随便收藏一点什么玩玩，那就简单得多，也愉快得多了。这样当然当不了收藏家；做一个业余水平的收藏爱好者，又有何不可呢？

话是这么说，当然还是尽可能齐全为好。于是我就想趁这次到澳门的机会来拾遗补阙，凑全这一套硬币。我跟一位在澳门奉献余热的老同学闲谈时顺便提及此事，她立刻从钱包里捡出一枚来送我，还问我要不要别的，我连称"不要了，这就够了，太好了！"看也没有看就非常高兴地装起来。于是我们又回到主流题目，大谈五十年前同学时代的往事去了。

等到回来以后卸下行装，加以清理，这才发现得来全不费工夫的这一枚并非二毫，而是一毫的；原先的那一套虽然不全，却出于同一旧版，而这个新得到的一毫，则属于新版，年份、版本不同，图案也不同。然则我在双重的意义上都无法将旧藏配套成龙。看来我仍然心粗气浮，只是一个低端的或者说假的收藏爱好者。且看下次再有机会到澳门去，能否在这一个项目上将业余水平略略提高一点。

附

录

冷板凳上 "斗婵娟"

——扬州学者顾农教授访谈录

访问及整理：宋展云

顾农教授（1944—），江苏泰州人，1966 年毕业于北京大学中文系文学专业，扬州大学文学院教授，一度兼任中文系系主任。曾开设"中国文学史（先秦至唐）""魏晋南北朝文学专题""古代文论""古小说""文选学""文献学""文学研究方法论"等课程。有《文选与文心》《魏晋文章新探》《建安文学史》《文选论丛》《从孔融到陶渊明：汉末三国两晋文学史论衡》等专著，另有《听箫楼五记》《四望亭文史随笔》等散文随笔集，以及教材和普及性著作若干种。

问：顾老师您好，很高兴您能够接受本次访谈。魏晋文人非常重视清谈，我也很希望通过轻松的谈话，让更多的人知道您的人生经历及治学经验。我之前阅读过您的散文集《听箫楼五记》，从中了解到，您的故乡是江苏泰州，您的家族培养出不少杰出的人才，可以谈谈您故乡的风土人情及家族情况吗？

答：泰州在扬州以东一百多里，是座小城，原在扬州辖下，现在也是大市了。因为在战略和交通上都不大重要，几百年没有经历任何战争。当地民风古朴，不喜欢争斗，读书风气比较浓，许多普通的职员、工人、干部都有较高的文化素养。书店里常常人满为患。泰州中学的毕业生考取名牌大学的非常之多，毫不稀罕。我家兄弟姐妹六个，都接受过充分的教育，后来皆有高级职称，现在全退休了。我是最后一个退的。其实也谈不上杰出，还说得过去吧。我们的下一代比我们要强一些，第三代现在还看不清楚。他们能不能做到不坠宗风，要看他们自己。其实干什么都可以，把小事情做好就好。

问：根据您的回忆，您父亲也爱看线装书，请您谈谈令尊对您从事文学研究有什么影响。

答：我父亲早年读过十年私塾，对传统文化很熟悉。他晚年不干什么事，只种种花草，读读闲书，也不写任何文章。他处理实际事务、亲友交往，非常干练果断。我读大学以前，他对我的教育方针基本上就是一个"听其自然"；等到大学毕业时，跟我长谈过一次，印象最深的是"量力而行""慢而不怠"这样两层意思。他对我的文学研究大约没有什么影响，只是他那种恬淡平静的心态和处理实际事务的干净利落，给我印象很深。一次有位老朋友开玩笑，说我有"古典情怀，现代效率"，这未免过奖，但倒也不算很离谱。

问：您在1961年考入北大，当时为什么会选择报考北大中文系，您能够聊聊当年北大中文系的老师及相关课程吗？有哪些师友趣闻至今还记忆犹新呢？

答：起先我想学新闻，不久以后我自己、家里和班主任都决定让我报考北大中文系，只有这里最合适。后来就被录取了，分在文学专业。北大中文系师资很强，有许多著名的教授开课，还有些校外的专家也来，那时正忙着编教材，集中了一大批权威人士。如现代文学方面，王瑶、唐弢、刘绶松、严家炎、楼栖、路坎等许多老师都在北大讲过课，但次数都不多。古代文学方面有林庚、彭兰、吴小如、陈贻焮、赵齐平、金开诚等老师，王力、游国恩、吴组缃诸先生也上过几次课。教外国文学的有冯至等先生。我同吴小如、陈贻焮两位先生最熟。吴老师为回答我的问题写过一份书面答复，我一直珍藏着，到他九十寿辰时要出祝寿文集，我在文章里就把那半个世纪前的书面答复影印了附在里面。陈老师去世后我写过长篇纪念文章，比较详细地回忆了他那时以及后来对我的教诲和希望。林庚先生诞辰百年时，我写过一篇关于高适的文章，其中讲起林先生最为重视的"盛唐气象"和"少年精神"。这些老师都令人终生难忘。同学之间好玩的事情很多，举一个例子。那时有位文献班的同学，立志研究《史记》，言必称太史公，大家给他起了个绰号，就叫"太史公"。"文革"时我们"留校闹革命"，必须写大字报，这位"太史公"的宏文中有一批是批判食堂伙食太差的，笔锋犀利，方向错误而大得人心。他后来比较早地成了名，是著名的《史记》研究专家，前不久出了一套多卷本个人文集，主要内容当然还是《史记》。

问：您曾提到，青年时期虽然有些年少轻狂，敢于质疑权威，但也打下了扎实的研究基础。您认为北大中文系有什么传统，对于人才培养及学术研究起到了怎样的作用呢？

答：北大中文系一强调细读原著，二注意文学史的研究，追求创新。反对游谈无根，也不大赞成只做冷门小题目，无论研究什么总要考虑这在文学史上有什么意义。我那时也是花许多时间读基本典籍，如《诗经》，就读其时新校点出版的吴闿生的《诗义会通》，中古则读戴明扬的《嵇康集校注》和黄节的几本诗注。注意写读书笔记，那时交作业也就是交这种笔记。

在北大可以旁听其他课程，没有人干涉。我听过文献专业的一些课；还到哲学系去听过课，不大听得懂，后来就不去了。那时星期天有各种讲座，文史方面的必听，增加了许多知识，学到了不少治学的门路。同学之间经常讨论学术问题，放言高论，意气风发；有时也胡说八道，乱开些玩笑。我在校刊兼任副刊编辑，拜访教授约稿，自己也写点小文章。前不久刚去世的历史地理学权威侯仁之先生，我就曾闯到他家去请他写稿，不久就收到一组《校园史话》的稿子，登出来后大受欢迎。

义理、考据、辞章都在我们关心之列。那时学风不赞成我们发表文章，强调打基础。有人偷偷发表一点，不敢声张。"你着什么急啊！"这是严重的批评。基础打好了，文章其实写不胜写。要对自己有比较高的要求，不单以发表为尚。我们那时未出茅庐，眼界却很高，看不起那些比较差的论著，尽管我们还一个字没有。

问：大学毕业后，您曾从事中学语文教学工作多年，后来转入大学工作，这对于您日后的学术研究有什么帮助吗？

答：要教好中学语文必须有全面的知识，语文课什么都要教，字、词、语句，古今中外，语法、修辞、逻辑，诗文、小说、戏剧，自己都要先弄明白，讲法也要各得其宜。中学生年纪小，讲课非深入浅出不可，非讲究点艺术不可，否则他就会走神，甚至捣乱。我很愿意教这些少年，他会紧紧地跟着你，有时训他几句他还跟着，就像自家的孩子。把中学的课上好了，给大学生讲课就很省事，无非内容比较专门、深入一点而已。普及文章最好能让中学生读得下去。专门的论著也不必故作高深，要简明清晰，能有点文采和趣味就更好。如果不是后来指派我当那所中学的副校长，又兼市文联副主席，参与编辑文学刊物《花丛》，我很愿意在中学干到底。后来事务日繁，应酬渐多，好像还有升迁之势，令人想起"七不堪""二甚不可"（整理者按，此为嵇康《与山巨源绝交书》中语），这时家里老人也都过世，我就赶紧"逃"到扬州师院（扬州大学的前身之一）来教书了。我读中学的时候，老师中抗战前的教授和其他高级知识分子有好几位，他们没有跟到大后方去，就留在故乡的中学教书，后来年纪大了就不想再动。无论做什么工作，自己顺心就好。

问：朱熹说过"为学先须立志"，您觉得学术研究要树立什么样的志向，追求怎样的境界？

答：无论干哪一行，在青年时代务必要树立高远的理想，最好能安排一个战略计划，然后分阶段实施。只要努力，总是能实现或基本实现的。最怕的是胸无大志，苟且偷安，求田问舍，过一辈子平庸的生活。只想混顶方帽子戴戴，在人海中沉浮，那是《儒林外史》或《围城》里的人物。青年人要有盛唐诗歌中的"少年精神"，想象力丰富，充满青春的活力，这样就容易"有志者事竟成"。科研无非就是要有自己的见解，说一些前人没有说过的话，留给后人去进一步思考。起承转合，粗制滥造，装腔作势，人云亦云，那有什么意思？头衔、荣誉、名声都不那么重要，当然来一点也无妨，却不必追逐，这就是嵇康所主张的"越名教而任自然"。

问：下面来谈谈您的新作。顾老师从事魏晋文学研究已有五十余年，您在《魏晋文章新探》一书中提到自己的学术野心——想写一本不一样的文学史。日前，您的新作《从孔融到陶渊明：汉末三国两晋文学史论衡》（以下简称《从孔融到陶渊明》）面世，可以说完成了您的夙愿。请结合此书，谈谈您对魏晋文学研究的想法和规划。

答：我打算研究魏晋文学，起意相当早，是在1962或1963年，读大二或大三的时候。那时我是中国文学史这门课的课代表，同主讲魏晋南北朝隋唐这一段的陈贻焮先生来往很多，常到他家去联系事务，请教问题。那时要交作业，没有具体题目，也不限长短，各人自己写读书笔记，由我集中起来交给老师看。我就利用职权，每次多交一点，一道请陈先生批阅。他看得很仔细，每有批语，还几次当面跟我讲其中有些什么问题。我记得最清楚的是，有一次我交了几份关于阮籍《咏怀诗》的札记，不同意黄节先生《阮步兵咏怀诗注》一书中的若干说法，自立新说，但其中推测的成分比较多。陈先生在作业上画了几个老大的问号，又提出若干具体问题，还当面问我某些结论的依据是什么。我答不出来，却很有信心地说："我想应当是如此。"陈先生道："你觉得应当如此，别人认为应当如彼怎么办？总得有可靠的根据，哪怕有那么一点点也好。魏晋这一段材料不够用，给推测想象留下许多余地，如果胆小如鼠，简直研究不成，但你也忒胆大了！"我就紧张起来，还没有想好怎么应对，他又微笑着说："我看你将来可以研究魏晋。关注这一段的人太少。胆子不妨大，读书可要细。我看你大有可为！"然后又告诉我还可以看些什么书。最后又道："我年轻时也是胆大包天！"说罢就自个儿大笑起来。

从那时起我就下决心来研究魏晋文学。等到大学毕业的时候，"文革"起来了。天下大乱，我们都被迫下乡。古书根本不能看，前途一片渺茫，学问之道完全无从谈起。于是我改变方向，读了多年的鲁迅。"文革"结束后发表的文章，开始时以研究鲁迅的为多。到现在也还每年发一点，像个资深票友的样子。鲁迅也是搞魏晋文学的，他还有许多别的方面的意见可以运用于魏晋文学研究，至少也可以发人深思。

中间我乱七八糟读了许多书，中国文学从先秦读到近现代，做了点笔记；西方的新理论也胡乱看过若干，有些地方受启发，有些地方不大弄得懂，还有些地方觉得未必有道理。西方思想家往往把简单的事情复杂化，中国古代的哲人则把复杂的事情大加简化，不多几句话就说清楚了，而且其味无穷。我从 20 世纪 70 年代末开始发表关于魏晋文学的论文，并设想将来一定要写一部独抒己见的魏晋文学史，把青年时代的梦圆了。

魏晋文学的研究文学史比较成规模地展开，是到扬州来教书以后。先前可以用于研究的时间相对不足，资料也不足。这两个不足也有它的好处，一则可以把基本材料读得比较细，二则读出许多问题来，一时解决不了，就先储存起来，让它发酵，甚至反复发酵。头脑里常有许多未解决的问题是件好事，有问题才谈得上解决问题，当然只能是各个击破式的解决。于是我就按设想中的文学史框架慢慢来写论文，逐步解决一些前人没有解决或没有提出的问题，后来选了二十篇出过一本论文集《魏晋文章新探》；文学史也正式开始来写，因为得到老前辈程千帆先生的热情关怀，在 2000 年先行出版了其中相对成熟的建安部分。《魏晋文章新探》和《建安文学史》这两本书，读者反应都比较好，以为新意较多，在网上可以看到一点，也有正式发表的书评。

建安文学固然是魏晋文学的大头，后面还有正始、西晋、东晋和北方的十六国，这里问题成堆，单是一个阮籍、一个嵇康就非常麻烦，他们的思想政治面貌长期以来遭到严重的歪曲；陆机、潘岳过去也总是面貌不清，陶渊明更是问题多多。于是我就暂停写文学史，全力以赴写札记，写论文，逐一解决这些老大难问题。发表了几十篇，此外还有更多的没有拿出去的读书札记和随笔，分别解决了一些考证和评价上的具体问题，这样心里总算有点底了。所谓学术研究，就是要推陈出新，要有新的分析和结论。这一段基本没有什么新材料，主要靠新的看法来立足。

这样断断续续地忙了好多年，退休以后更以主要的精力从事《从孔融到陶渊明》的写作，到 2009—2012 年，用四年时间写出了全稿。又通盘地大改了两遍，主要是调整结构，删繁就简，剩下大约七八十万字。

以下还有许多事情要做。有老同学建议我接着写《从谢灵运到薛道衡》，把南北朝这一段补齐。这件事以前我也设想过，写过一批论文；但是要写成这一段的文学史，须安排大量的时间，现在还不能列入近期工作日程；就这一段出一本系列论文集或者尚有可能，那也得花两三年来补充、整理、修订、筛选。此外还有鲁迅、唐诗、诗学等几个方面的扫尾工作，大约也需要好几年时间才能完成。新的领域已经不容易开拓，只能"量力守故辙"，慢慢做下去。

问：就中古文学研究而言，您多年来也比较关注《文选》研究，请您讲述一下自己研究《文选》的心得体会，在目前《文选》研究热中，怎样才能研究的更加深入、具有新意？

答：《文选》选入了萧梁中期以前的文学名作七百多篇，中古时代的主要作品多半收在这里，同时也反映了当时文坛上的重要思想。《文选》学从隋唐以来一直是显学，扬州是它的老根据地。"五四"以后因为被打成"妖孽"，被冷落了较长时间，到新时期以后才衰而复振，近二十多年来先后开过十次国际学术研讨会，我参加过其中大部分，分别提交了论文，其中有若干篇就收在那本《文选论丛》中。

《文选》研究大约可以分为两大块：一是研究其中那些作品，因为大部分属于中古时代，所以大体上也就是魏晋文学的研究；二是研究《文选》本身的问题，如产生的背景、成书的过程、编选的原则、全书的体例，李善注等注释、各种手写本、版本演变、海外藏本、文选学史等。这两方面都在我关注之中。日本的一些学者，特别是清水凯夫先生曾就后一方面提出许多新见，号称"新文选学"，一时称盛，但其实问题很多；我是率先批评清水的，引起他强烈的反批评，在 1992 年的长春会议上我们争论得很厉害；后来又大开笔战，他写过好几篇长文，我只写过两篇文章，觉得意思已经清楚了，一些细节问题无须一一纠缠。后来我不再就此作文，是因为听说他病了，据说是抑郁症，于是我就搁笔了。日本学者有许多长处，研究中国古代文史真肯下功夫，用心细密，成就很多，是了不起的。

我研究《文选》中的作品，不少是为写《从孔融到陶渊明》做准备；研究《文选》本身诸问题，则是为写南北朝文学史做准备。有人称我为《文选》学专家，那是不敢当的；我并不专攻这一门，总有点别有用心。如果有可能当一个文学史家，那就很荣幸了。

新手研究《文选》，首先要把自己的战略目的弄明确。可以选定一个方面，先行规划一下，了解这个方面的学术史，看还有些什么问题有待自己来解决，并且有条件解决。比如要做版本研究，那就要看自己能不能拥有或看到相关的本子，如果比较困难，最好换成别的题目。李善注里面有大量的信息还没有充分挖掘出来加以利用。敦煌本和《文选集注》的研究也大有深入的余地。如此等等，不妨各因其兴趣和才性所近，慢慢做起来。

问：您在《听箫楼五记》中提到自己的学术理想是要打通古今中外。多年来您除了研究古代文学，也一直从事鲁迅研究，取得了不少成果，您也曾出版过评讲鲁迅《汉文学史纲要》的专书。请谈谈您研究鲁迅的方法和视角。

答：老话说"往来成古今"，所以古今实在是一回事。一万年以后来写文学史，我们现在同魏晋南北朝大约在同一章里。人体解剖是猴体解剖的一把钥匙，对现当代生活和文学的理解非常有助于对古代社会生活和作家的把握，从这个意义上来说，也得打通古今。中外也总会有许多相通之处，外国文学作品、新理论、汉学家的成果，足供借鉴，不能不理。我一向注意这些，例如《从孔融到陶渊明》一书中说到晋人鲁褒和成公绥两篇《钱神论》的时候，便拿来同莎士比亚戏剧《雅典的泰门》中关于金钱罪恶的著名台词进行比较；说到木华的《海赋》的时候，在注释中顺便提及梅尔维尔的《白鲸》和海明威的《老人与海》。在必要和合适的地方，引用了少量外国文论、外国汉学家的著作，涉及日本、俄国、法国、德国以及英国、美国的文本，绝大部分是用现成的译文，另有很少一点是根据我的要求由我儿子直接译过来的。

至于鲁迅研究，也有比较长的时间了。读大学的时候，我看过几篇林辰先生关于学者鲁迅的研究文章，大为佩服，从中了解到，鲁迅为了写他的《中国小说史略》，做过极其深广的准备。不过那时并没有研究鲁迅的意思。"文革"初期，我和几个同学合编过一本《鲁迅语录》，为此粗粗地通读了鲁迅的全集和译文集。那时毫无研究者的心态，只想借用鲁迅的语录来配合眼下的形势，走的是汉儒今文经学的路子。那些语录所包含的微言大义，大家都有所考虑，只是没有写成注疏罢了。这本语录没有多少影响，印出来分出去以后也就拉倒。稍后我们终于等到毕业证书，立刻"滚"出北京，分别到各处的穷乡僻壤去接受工农兵的再教育去了。

那时我去了爱人所在的山东，本当进一处"五七干校"去。我很怕去，自愿到农村中学去教书。其实也没有什么书可教，无非乡下风浪比较小，可以过几天比较清净的日子罢了。学校有个不大的图书馆，大部分封存，只开放马克思主义经典著作和最新的报刊，鲁迅的著作也是开放的；当时没有人看书，我就把鲁迅的全集和译文集都借出来，长期放在手边，慢慢看了那么七八年。当时主要关心具体的文本和各路材料之间的联系，想办法建立起爬梳的条理——这就回到汉儒古文经学的路子上去了。"文革"结束后，我根据旧时读书笔记写了若干古代文学方面的论文，也写鲁迅研究方面的文章，特别是教材中鲁迅作品的分析。回故乡教中学以后我继续写这两方面的文章。到扬州来教书以后一直教古代文学，论文也以此为主，因为惯性的作用，鲁迅研究仍在业余时间继续，内容则渐渐集中到鲁迅与中国古代文化的关系这个侧面来，不大像过去那样四面放枪无所不谈了，但又由鲁迅而兼及周作人，以及现代史上另外一些人物。鲁迅看世态人心，眼光锐利之至，对研究中古文学极有启发，所以我引用甚多。我的《文选》研究、鲁迅研究以及其他一些学术活动，最后都指向文学史、精神史。之前有人建议我将鲁迅研究方面的论文和随笔整理一下，出两个集子。这事早晚要做的。

问：顾老师写过不少随笔文章，除了文史方面的，也有不少人生感悟。一般而言，研究魏晋的学者，多少有点名士风度。您的书斋原名"听箫楼"，后来改为"玄览堂"，其中有什么寓意吗？您追求什么样的人生境界呢？

答：随笔我一向喜欢写。比较自由，可以随便说话。先前必须在办公室里坐班的时候，自己能用的时间全是碎片化的，也只能写点短文。多年积累下来，除了已经结集出版的之外，发表过的文章还可以编三四个集子，另外还有些存稿，都需要再整理一番。来日方长，慢慢进行。

至于起那两个斋名，都是一时兴起之举。编第一本短文集、正在写序言的时候，瘦西湖举办活动，用高音喇叭放音乐，其中有一段洞箫独奏，幽怨深沉、如泣如诉，引得我推窗细听，想起唐人杜牧的种种，于是就随手在序末写了何时于听箫楼。"玄览堂笔记"是我近年来在《文艺报》所开专栏的名目，"玄览"二字从陆机那里来，《文赋》有云："伫中区以玄览，颐情志于典坟；遵四时以叹逝，瞻万物而思纷。"我一辈子生活在校园之内、书斋之中，"四时""万物"见得不多，也很少有什么纷披的思绪，只剩下"玄览"了。出书时也就标出了所谓玄览堂——其实还是那间小小的旧书房。房子虽小，仍然通向世界，而且既然专用，就并不妨碍独与天地精神相往来。

问：您最倾慕历史上哪位作家的人格？

答：没有非常值得倾慕的人物。我最仰慕鲁迅的人格、眼光和文字。

问：青年朋友要是乐于从事古代文学研究，顾老师对他们有哪些建议？怎样才能少绕弯路，尽快走在学术前沿呢？

答：有志于从事古代文学研究很好。既有此志，不要动摇，不要松懈。少走弯路，可以注意以下三条：第一，要认真读基本著作的原著，熟读深思，做点笔记，为深入的研究打基础、做准备。如果既不好好读原著，又不作独立的思考，一味钻进互联网里查资料，下载论文，到自己写文章时就"上穷碧落下黄泉"地四处拼凑，敷衍成篇，那是最没有意思、没有出息的。第二，知识面要广一点，关心的问题要多一点。不要死盯着选题，别的什么都不管。现在知识分类越来越细，专家的分工也越来越细，这是不得已的事情，说到底是不正常的。画地为牢也未尝不可，但这个牢要大一点。一个研究唐宋文学的人，如果不知南北朝，更无论魏晋，那一定是弄不清楚的。研究其他各段也是如此。历史是一条河，你抽刀断水，水还是在不断地流。要学好外文，关心海外的理论和汉学研究的进展。当然，也不要迷信洋人。第三，要磨炼文字。义理、考据固然非精通不可，辞章也要讲究。要让写文章、改文章成为很舒坦、很愉快的事情，像动手做一件艺术品似的。

问：古人云："功夫在诗外。"您曾说过，坐在书斋中指点江山，自得其乐。您除了学术研究，还有哪些业余爱好？这些对文学研究有什么益处呢？

答：青年时代喜欢游山玩水，意在开开眼界，获取所谓"江山之助"。现在年纪不饶人，缺乏所谓"济胜之具"，只能每天在近处水边的小径上散散步。坐得久了腰有问题，腰酸背痛的还能做成什么事呢？

问：古稀之年，您对于过往岁月是否有些遗憾，对未来又有哪些期待呢？

答：遗憾太多了。先前的政治运动和行政事务占用了我过多的时间。现在只希望身体能够维持正常运转，让我顺利做完手头上正在做和将要做的事情，也能更多地看到孙女长大，成才。

问：如果要用一首诗总结一下您的人生，您希望用哪首？

答：我的一生太平凡了，不值得总结。若干精英有揽辔澄清天下之志，或至少也要呼风唤雨，时时见报，产生影响，风头十足。中国需要一批公共知识分子，出来干预现实生活，促进社会的进步；而我志不在此，只想在专业范围内做一点力所能及的工作，推进有关领域的学术研究，通过一条比较迂回的路径来促进国人和文化的现代化。

李商隐有一首《霜月》诗：

> 初闻征雁已无蝉，百尺楼高水接天。
>
> 青女素娥俱耐冷，月中霜里斗婵娟。

坐在冷板凳上"斗婵娟"，也许可以借来为自己作一小结吧，可惜不能像神女那样漂亮。

（原载《百家文学》第 30 期，2014 年 2 月 15 日）

后　记

　　"读万卷书，行万里路"历来是读书人的理想，这两件事古人实行起来都很难，就是今人而年龄如我辈者，也曾经很不容易。

　　像现在这样便捷的交通，是我们青年时代未尝想到的，出过远门的是极少数人。我在读大学以前，就没有走出过江苏，比我更惨的是大部分同学根本就未能走出故乡一步，所以我还算是见多识广，可以略微在他们面前吹吹牛。

　　1961 年离开泰州到北京去读书，假期一般也就是往返于学校与故乡之间，没有去过别处。那时根本就没有"旅游"这一说。因为学校组织劳动，刚升二年级的时候去过一回河北宣化，那里跟张家口就隔着一条河——我们是去给豆子锄草的。那时经济困难，吃不饱饭，不少人小腿浮肿，学校为了给大家增加营养，在那边弄了一大片荒地来种豆子，以便磨点豆浆来喝。平时在那里干活的是若干下放干部指挥下的一批右派分子，活儿根本干不完。那里野草的生命力强得可怕，无论多么瘠薄的土壤，它总是生机勃勃，自得其乐，让你看上去满眼的"草盛豆苗稀"。于是安排低年级学生分批前往，也算是进行了劳动锻炼。

我们去干活的时候是秋季开学后不久，白天比较热，大家干得大汗淋漓，只穿一件背心——但决不能穿短裤，草太厉害了。而到晚上，盖着棉被睡觉也不大暖和——这里已在长城以北，我算是第一次"出塞"了。"塞下秋来风景异，衡阳雁去无留意……人不寐，将军白发征夫泪"，我们既无眼泪，更无白发，只有万丈豪情，睡得很酣畅，明天还要"晨兴理荒秽，带月荷锄归"，继续上工锄草呢！

真正"行万里路"是在"文革"之初，那时最时髦的事情是"革命小将"大串联，坐车无须买票，不花一分钱，有些地方还供应伙食。我们当时已经不大能算学生，亦非教工，乃奉命"留校闹革命"的"留闹生"，所以资格老，情报灵，行动算是最早。车上并不太挤，最早去上海，接待我们的上海作协还请我们坐卧铺回北京；等到外地的大学生特别是中学生也提高了觉悟认清了形势加入进来以后，那就蔚为大观、人满为患了。我自己也曾经从车窗里爬上跳下过好几次，实在惊心动魄；在车上要方便一下尤其不便，非到忍无可忍之时，否则难以下定决心排除万难拨开罐头里小鱼似的人群去争取胜利。所以后来我就不再参加。退出串联虽早，但也已经到过许多地方，行程肯定大大超过万里了。只是决不游山玩水，那时也没有什么好看、好玩的地方，印象里只是顺便去看过一眼大同的云冈石窟和哈尔滨的松花江大桥，其他就毫无诗意了。

我其实是不大能欣赏自然美的人，对游山玩水兴趣不算特别浓。在山东工作多年，没有上过一次泰山。最近因为要查材料，从一本旧书里发现一份旧作的剪报，正是说这件事的，大约因为早已忘却，更没有电子版的关系吧，从来没有编进集子里去，不妨抄一点在这里，该文前半云：

前些时到北方出差，车过山东时同行者问我登泰山最有兴致的地方是哪里，我告诉他，至今尚未登过泰山，他很吃惊："什么，像您这样走南闯北而且研究古代文化的人，竟然不去爬一爬泰山，太遗憾了！"

是有那么一点遗憾，但我自有其不得已的原因，只好珍藏那一份遗憾。

因为曾经在北方上学、教书，时常途经泰安，因此可以顺便爬一爬泰山的机会少说也有二三十次；也曾经几次发愿一登此山而小天下，但济胜之具不足，颇虑半途而废，贻笑大方，干脆放弃了。后来每年挈妇将雏回南方探亲，匆匆而来，匆匆而去，自然舍不得削减那十分有限的与家人相聚的时光而去登临怀古；加上孩子尚小，如要登山，非背他上去不可。平时背他走一小段路倒也没有什么，彼此都很愉快；但要背上一个足以小天下的高度去，实在为我之微力所不及。何况他还喜欢不听指挥到处乱跑，安全也是一个问题。还是等他长大以后，自己去临绝顶览群山小天下吧！

儿子出生后，我就下决心俯首来当他的牛，而一般地来说，牛是不爬山的……（《未登泰山记》，《消费艺术导报》1995年9月16日）

后来去过一些地方大抵是因为出差、开会，地点和时间自己都毫无主动权；有时承蒙主人的盛情，到当地的名胜古迹看一看。许多地方估计一生只去这么一回，所以回来后往往写一点印象记，或恰有报纸来约稿，就拿这种比较轻松的小东西去交差。收在本书第三卷的是其中的一部分。其中写景无多，还是大谈人文。走马观花，看不大真切，何况人文本身就是一景啊！

　　我一生只扮演过两个角色：学生和教师，一辈子同书本打交道，读过的书应当是不少的，是不是有万卷，没有统计过，也无从统计。总而言之，如无特殊情况（如要锄草或革命）总是天天读书。我的本业在古代文学，业余则泛览其他，写小文章则以读书随笔的分量为最多——这种不合"西式规范"论文的小品文字是不能算科研成果的，那也不去管它——收入集子的只是存稿中的一小部分。

　　书生的安身立命之处自在书斋，所能做者也无非是读书、教书、写书。如今我已经退休，不须教书了，于是只剩下两件事，用陶渊明的话来说那就是：第一，"好读书，不求甚解，每有会意，便欣然忘食"；第二，"常著文章自娱，颇示己志，忘怀得失，以此自终"。毫无压力地读书写作是很惬意的事情，虽南面王不易也。此真养生之妙策且可以自终者矣。

　　近蒙刘克定先生雅意，要我编一个小集子放入一套随笔丛书中，奉命之日立马来做此事，并先作一短短的自序，以便开张；近日编成，再顺便多说几句，则称后记，这样穿靴戴帽以后，就可以出来会见读者了。请大家不吝指教！

顾农

2015 年岁末，于扬州城西玄览堂